KEY·可以文化

可以有诗

[美] 伊利亚·卡明斯基 著

明迪 译

# 舞在敖德萨

DANCING　　　IN　　　ODESSA

ILYA KAMINSKY

浙江文艺出版社

Zhejiang Literature & Art Publishing House

本书中文简体字版版权,浙江文艺出版社独家所有。

版权合同登记号:图字:11-2023-375 号

**图书在版编目(CIP)数据**

舞在敖德萨/(美)伊利亚·卡明斯基著;明迪译.
—杭州:浙江文艺出版社,2024.6

ISBN 978-7-5339-7443-5

Ⅰ.①舞… Ⅱ.①伊…②明… Ⅲ.①诗集-
美国-现代 Ⅳ.①I712.25

中国国家版本馆 CIP 数据核字(2023)第 248070 号

| | |
|---|---|
| **策划统筹** | 曹元勇 |
| **责任编辑** | 顾楚怡 |
| **营销编辑** | 耿德加　胡凤凡 |
| **责任印制** | 吴春娟 |
| **装帧设计** | 陈威伸 |
| **数字编辑** | 姜梦冉　诸婧琦 |

**舞在敖德萨**

[美]伊利亚·卡明斯基　著
明迪　译

| | |
|---|---|
| **出版发行** | 浙江文艺出版社 |
| **地　址** | 杭州市环城北路 177 号 |
| **邮　编** | 310005 |
| **电　话** | 0571-85176953(总编办) |
| | 0571-85152727(市场部) |
| **印　刷** | 上海盛通时代印刷有限公司 |
| **开　本** | 787 毫米×1092 毫米　1/32 |
| **字　数** | 95 千字 |
| **印　张** | 5.625 |
| **插　页** | 7 |
| **版　次** | 2024 年 6 月第 1 版 |
| **印　次** | 2024 年 6 月第 1 次印刷 |
| **书　号** | ISBN 978-7-5339-7443-5 |
| **定　价** | 52.00 元(精装) |

**版权所有　侵权必究**

卡明斯基

《舞在敖德萨》英文原版封面

来源：图佩罗出版社

# 译者序

　　《舞在敖德萨》是一个横空出世的奇迹。罕见的纯正、清澈,让你一眼看到自己的童年。奇妙的人称/视觉转换让你心跳。这些诗既具有深刻的人文意识,又如梦幻一般,带着你冥想,并具有一种穿刺心灵的震撼力,读过之后让你再也不堪忍受平庸之作——空洞的抒情,一味的感伤,乏味的叙事或说教。抒情与叙事绝不矛盾;伪哲学,请离开诗歌;口语绝非口水;下半身实际上是从脑部的中枢神经顶端开始的。诗歌起于语言,但绝不止于语言。这本诗集让你看到语言可以多么纯洁,修辞如何不留痕迹,简单与复杂处于同一地平线,让你在最简单、最直接的语言中看到诗歌的高度与难度,让你敬畏天赋,敬畏诗歌的想象力——对,是诗歌的想象力,好的诗人就是那些会放风筝的诗歌孩童,带领你去无数个天空遨游,在不同时空里穿梭。

　　翻译《舞在敖德萨》并非因为它获得过五项奖,而是基于诗集本身的感召力(从第一次到以后的每一次阅读都是拿起就放不下)。感谢初译时中国诗人、网友的鼓励,感谢登载过部分诗选的所有刊物。

《舞在敖德萨》是原作者的第一本诗集,它向世界诗歌史上所有优秀作品致敬,也向当代诗歌的所有优秀前辈和同辈致敬,它毫不客气地排斥平庸,只亲近同类——它与风格相异但同样杰出的《事物之书》《眼泪工厂》《十八个馅饼》《二十七首诗与无歌》《无邻之地》等欧美青年诗人的优秀诗歌文本构成当下最杰出的诗歌系列,这些作品不但会进入诗歌史,而且将改变诗歌。

明　迪

——献给我的家人

# 目 录

## 作者的祷告

如果我为死者说话,我必须离开
我身体这只野兽,

我必须反复写同一首诗,
因为空白纸是他们投降的白旗。

如果我为他们说话,我必须行走于我自己
的边缘,我必须像盲人一样活着,

穿行于房间
而不碰倒家具。

是的,我活着。我可以过街,问"这是哪一年?"
我可以在睡眠中跳舞,

在镜子前笑。
甚至睡眠也是一种祷告,上帝,

我将赞美你的疯狂,
以一种不属于我的语言,谈论

那唤醒我们的音乐，那
我们游动于其中的乐曲。因为无论我说什么

都是一种请愿，我必须赞美
最黑暗的日子。

舞在敖德萨

## 舞在敖德萨

在一座被鸽子和乌鸦联合统治的城市,鸽子盖满了主要地区,乌鸦占据了市场。一个耳聋的男孩数着邻居后院里有多少只鸟,然后造出一个四位数号码。他拨打这个号码,在线路上对着声音表白他的爱。

我的秘密:四岁时我耳聋了。失去听力后,我开始看见声音。在一个拥挤的电车上,一个独臂男人说我的生命会与我祖国的历史神秘地连在一起。但祖国不见了,它的公民在梦中相遇,选举。他没有描绘他们的面孔,只有几个名字:罗兰,阿拉丁,辛巴达。

# 赞美笑声

日子弯曲又伸直，
在一个不属于任何国家
只属于风的城市里，

她以白杨树的语言说话——
她说话时耳朵颤动。我的玫瑰姑姑
为理发店和药店写赞歌，

她的灵魂走着双音步，有灵魂无灵魂，小孩子
　的供给制，
她热爱街头音乐家，她知道
我祖父写的讲义，有关云彩在我们国家的

需求与供给：
政府宣判他为人民公敌。
他兜着西红柿追赶火车，

在我们家房前的桌上裸身跳舞——
他被枪毙，我祖母被强奸，
公共审判员用钢笔插进她阴道，

那支钢笔给人民判了二十年。
但在秘密的愤怒史中——一个人的沉默
活在他人的身体里——我们跳舞而不至于
　　倒下，

在医生与审判员之间：
我的家，敖德萨的人们，
女人挺着丰乳，老人天真如孩童，

我们所有的文字，成堆的燃烧之羽，
在每一次复述中升起，升起。

# 大　师

什么是记忆？使身体发出亮光的东西：
摩尔多瓦的苹果园和一所被炸毁的学校

学校被轰炸时，禁止悲伤
——我此时写下，感觉到身体的重量：

尖叫的女孩，波音 347 的声音
一位救护她们的医生，双手

困在墙下，他孙女在附近死去——
她低声喊着我不想死，我吃过这样的苹果，

他看着她的嘴，如同盲人读唇语，
他呼叫：我就在窗户旁，我

正在求助！说着，
他无法停止地说着，黑暗中：

他对勃拉姆斯说，对肖邦说，他使他们安静下来。
一个医生，是的，任何窗口

构成他的生活,外面:西红柿在生长,云朵穿
　　梭,我们
曾经活着;一个被捆住的手臂上有鹦鹉文身的
　　医生,

看着孙女的颧骨
不再属于她,带着手术的精确

缝线痛苦而优雅:
两天过去了,他呼叫

于窗口(没有窗户),救援
到达时,他说起肖邦,肖邦。

他们切断他的手,护士说他"还不错"
——在我的梦里:他站着,给鸽子喂面包,被
　　鸽子

围着,鸟在他头上,肩上,
他呼喊你什么也不明白! 他正

呼吸着睡去,城市在睡,
没有这样的城市。

## 玫瑰姑姑

穿一件士兵制服,一双木鞋,她跳舞,
在日子的两头跳舞,我的玫瑰姑姑。
她丈夫救出一名孕妇

从一间燃烧的屋子里——他听见笑声,
在每一天的小炮火里——那场大火中
他的生殖器被烧毁。我的玫瑰姑姑

领养别人的孩子——他们哭的时候她弹舌头,
八月拉开夜幕,一个又一个夜晚,
我看见她,手指间夹着粉笔,

她在空黑板上写课文,
手指移动,黑板仍然是空的。
我们住在海边的城市,但还有

另一个城市在海底,
只有当地的孩子们相信这个城市存在。
她相信他们。她把她丈夫的照片

挂在公寓的墙上。每个月
挂在不同的一面墙上。我看见她在照片旁，
　锤子
在左手，钉子在嘴里。
她嘴里是野大蒜的味道——

她穿着睡衣朝我移动过来，
同我争论，同她自己争论。
傍晚是证据，这个傍晚

她用手指蘸，一直蘸到肘部，
夜晚在她肩上睡眠——她的肩膀
被睡眠圆润。

## 母亲的探戈

我看见她的窗户在雨中敞开,窗内挂着衣服——
为了我的生日,她像一匹小白马忙得团团转,
七层楼上的一匹小白马。

"这个放在什么地方?""阳台上!"
马在阳台上嘶鸣了九个星期。
在我生活的中心,母亲舞着,

是的,在这里,如同在童年,母亲
描述幸福的阶段——
她说起浓汤,

在一大堆茶碟与毛巾之间,
她动作飞快——其实她没动,
只是开门,关门。

但什么是幸福? 阳台上的一匹马!
我母亲的过去,是她穿在肩上的披风。
我画一个轴,穿过下午

去看她,六十岁了,同一门外语恋爱——
年轻,不年轻——我的母亲
在七楼上驰骋,一匹小白马。

她变成一个陌生人,展现她自己,打开
已经关闭的,关闭已经打开的。

## 美国游客

在一个海藻城市,我们在屋顶上跳舞,我的手
放在她乳房下。从一天中
减去一天,我将这个女人的脚踝,

加在我赎罪的日子里,她的下唇,她脸上的
　前骨。
我们整个夜晚做爱——
我给她讲故事,讲它们在雨中的仪式:幸福

是金钱,是的,但仅仅是最小的硬币。
她要我祈祷,鞠躬
向着耶路撒冷。我们向左边鞠躬,我看见
两家面包店,一家鞋店;草堆的气味,
马和干草的气味。当摩西
砸碎西奈山上的神碑时,富人

选择刻有这些字的碎片:
"通奸""杀人""盗窃",
穷人只拿到"没有""没有""没有"。

我吻她脖子后面,手臂的后面,
这个女人,她的遗忘是对抗遗忘的策略,
赤裸在胶鞋上,她跳起华尔兹,

甚至连她的猫也跳起华尔兹。
她说:"我们身体内所有的音乐都是记忆"——
但我不懂英语,我舞动着,

坐下,她伸直,
弯曲,又伸直,音乐颤动
她手中的颤抖。

## 舞在敖德萨

我们生活在未来的北面,日子以孩子的签名
打开信笺,一枚桑果,一页天空。

我祖母从晾台上
扔西红柿,她掀起想象,如同
在我头顶扯起一床被毯。我画
我母亲的脸,她知道
什么是孤独,她把死者同党派一样藏于土地里。

夜晚为我们解衣(我数它的
脉搏),我母亲跳起舞来,她用桃子
烤制的食物,填满过去。对此,我的医生笑了
    起来,他孙女
抚摸我的眼睛——我吻

她膝盖的背后。城市在颤抖,
一只鬼船出航了。
我的同学为犹太人取了二十个名字。
他是天使,他没有名字,
我们摔跤,当然啰。我祖父坐在拖拉机上

与德国坦克对仗,我提一满箱
布罗茨基的诗。城市在颤抖,
一只鬼船出航了。
夜里,我醒来小声说,是的,我们曾经活着。
我们曾经活着,是的,别说那是一场梦。

在当地工厂,我父亲
抓起一大把雪,塞进我嘴里。
太阳开始了日常叙述,
染白他们的身体:母亲,父亲,舞着,移动着,
黑暗在他们身后述说。
这是四月,太阳洗刷着晾台,四月。

我复述我的故事,光线侵蚀
我的手:小书本,去那个城市吧,不要带着我。

# 音乐疗法

致奥西普·曼德尔施塔姆的哀歌

[一位现代奥菲斯：他被送往地狱，再也没有返回，他的遗孀搜遍了地球六分之一，她紧紧抱住装满他诗歌的碟子，夜里背诵，以防止愤怒女神带着搜查令发现了它们。]


当这页纸上仍然还有一些光线时，
他带着妻子穿着陌生人的外衣逃跑了。
衣服上有些汗味；
一只狗在追踪，
舔他们走过和坐过的地面。

在厨房，在楼梯，在马桶上，
他将向她展示通往沉默的路，
让收音机自言自语。
他们关掉灯，做爱，
但邻居有望远镜，
而他也看，灰尘落在眼皮上。

这是 1930 年：圣彼得堡是一只冰冻的船。
大教堂，咖啡馆，他们搬迁到
涅夫斯基大道，因新政权
找他们的茬。

[在克里米亚，他召集富有的"自由派"，对他们严厉地说：在审判日，如果他们问你是否理解诗人奥西普·曼德尔施塔姆，就说"不"。是否喂养了他？——你必须回答"是"。]


我大声朗读我在地球上的生命之书，
然后坦白，我爱柚子。
厨房里：人们举杯，
品尝伏特加；香肠。
我，一个穿白衬衣的男孩，用手指
蘸甜蜜。母亲为我擦洗
耳根。我们说了许多
不可能实现的事情，
也就是说：这是八月，
八月！树上的光影，充满愤怒。八月
将语言填满我们的手心，闻起来像烟熏。
此刻，记忆，倒啤酒，
把盐撒在杯口，给我写信
的人，拿去你想要的吧：
一枚金色的硬币，置于我舌头之上。


（云彩的弟弟走来，

他穿深绿色的裤子,未刮胡子。
大教堂里:他双膝跪下,祈求"幸福"!
他的话语在地板上,死鸟的骨骸。)

我爱过,是的。我洗手。述说
我对大地的忠贞。而此刻死亡,
这美男子,正数我的手指。

我逃亡,被捕,再一次逃亡
被捕,再逃

再被捕:在这首歌里
唱歌的是一个瓷娃娃。

诗歌就是自我,而我抗拒
这个自我。在别处:

圣彼得堡像一个迷失的青年
站立在那里,

它的教堂,船只,绞刑架,
加快我们的生命。

[1924 年夏天，奥西普·曼德尔施塔姆带着年轻的妻子来到圣彼得堡。娜杰日达正像法国人所说的"可爱而迷人"。一个偏执狂？他当然是。他把一个抱怨他没有发表作品的学生掀倒在楼梯上，吼道：萨福发表过？耶稣基督发表过？]


诗人是一种声音，我说，就像伊卡洛斯
坠落时自言自语。


是的，我的生命如风中的碎枝
击打北方的大地。
此刻我写一部雪的历史，
灯光沐浴着
划过纸面的船只。


但在某些下午，诗的共和国开启，
我害怕没有生活过，死了，
不足以将这狂欢化为元音，倾听
清晰的圣经般的演说拍打出浪花。


我读柏拉图，奥古斯丁，读他们音节中的孤独，
而伊卡洛斯不停地坠落。

我读阿赫玛托娃,她丰韵的重量将我绑在大地,
山坡上的坚果树呼吸着
干燥的空气,日光。

是的,我活过。国家把我的脚吊起来,我看见
圣彼得堡的女儿,天鹅,
我学会飞鸟阵列的语法,
永远落在普希金大道,而记忆
坐在角落里,用海绵将我擦掉。

我犯过错,是的,我在床上
将政权与我的女友
相比较。
政权! 一只傲慢理发师的手
在肌肤上剃干净。
我们大家围着他欢快地跳舞。


[他坐在椅子的边缘,大声梦想美妙的晚餐。
他不在办公桌上,而在圣彼得堡街头,写诗;他热爱
这样的意象:公鸡用他的诗撕开雅典卫城墙下的
夜晚。关在牢里时,他拼命在门上敲打:"放我出
去,我生来不是坐牢的。"]

生命中有那么一两次,一个男人
像苹果一样被掰开。

剩下的是声音
撕开他的身体

一直撕到中间。
我们看见:淫秽,惊骇,泥土,

但有种形式的快乐
总是
多于一种沉默。

——在此地与涅夫斯基大道之间,
岁月,鸟儿一般的,伸展——

为他祈祷吧,
那为面包和土豆而活着的人,

一群狗在每一条街上
背诵他的诗。

是的,数一下"三月""七月",
用一根线把他们织在一起——

是时候了,上帝,
用这些词语紧紧压住你的沉默。


*


——故事是这样说的,一个人逃亡
又被抓进

夜晚的书写里:
做爱之后,他坐在

厨房地板上,睁大眼睛
讲述上帝的空虚,

而我们就是由这样的意象构成的。
——他失业了——在银餐具

和灰尘中,亲吻
妻子的脖子,直到她肚子抽筋。

人们会想到一个小男孩
用舌头将音节

铺展在女人的皮肤上：这些诗句
完全由哑音缝起。


[娜杰日达从书上抬起头来说：奥西普、阿赫
玛托娃和我站在一起时，曼德尔施塔姆突然欣喜地
融化了：几个小女孩从我们身边跑过去，想象她们
自己是马。第一个停下来，不耐烦地问："最后那匹
马在哪里？"我抓住曼德尔施塔姆的手，不让他走过
去；阿赫玛托娃也是，感觉到危险，低声说："不要跑
开了，你是我们最后的马。"]


——我死去时，赤脚走遍我的祖国，
在这里冬天筑起最强大的
孤独，拖拉机闯进半人半马王国，
驰骋于白话语言：
我二十三岁，我们生活在茧中，
而蝴蝶交配。
奥西普把手指伸进火里；

他早起,穿着拖鞋
四处走。他写诗很慢。祈祷者们
在屋里倒下。飞蛾
在窗外看他。当他的舌头
划过我的皮肉,我看见
他的脸在下面,
我看见痛的清晰
——娜杰日达如是说,
她站在橙色的光线里,
双手安详,自言
自语:
亚伯拉罕、伊萨克、雅各布的神啊
在你的善恶尺度上,
放一盘温暖的食物。


我丈夫从沃罗涅日
回来时,嘴里
藏着一只银勺——


他梦到,
独裁者沿着涅夫斯基大道跑
像狼一样追踪他的过去,
一只睁眼睡觉的狼。

他相信人性。他无法
将自己从圣彼得堡中
拉回,治愈。他在心里默诵
死者
的电话号码。

哦,他低声说! ——
未说出的话语变成岛屿的痕迹。
他扇了托尔斯泰
一耳光,好啊。

他们抓走我丈夫时,每一个字
都消失在书本里。
他们看着他
说话,元音上有牙齿的印记。

他们说:你必须让他独处,
因为他背后
已有石砖囤积,落下。


[奥西普有着浓密的睫毛,直到他面颊的中央。
我们走在普利西斯坦卡大街上,谈论什么我已记不

清。我们转到果戈理大道,奥西普说:"我已为死亡做好准备。"他被逮捕时,他们搜索诗,弄得满地都是。我们坐在一个房间里。墙的另一边是一个邻居家,有人在弹夏威夷吉他。我亲眼看见搜查者发现了《狼》,拿到奥西普跟前。他微微点头。离开时他亲吻了我。他是在早上七点钟被带走的。]


在视野的每一个尽头,曼德尔施塔姆
站立着,手里捏着土块,扔向
路过的行人。你会认出他的,主说:
——他讨厌沙皇村,
马雅可夫斯基说:"别念你的诗了,你不是
罗马尼亚交响团。"
和谐是什么?它纠结
又被解开;娜杰日达说,雪落进她身体里,
她听到全身都是小鸡的声音。

娜杰日达,她的是与否
总是难以分辨。她跳舞,裙子卷在大腿间,
光线加强。
在每个房间的
四个角落里:他与她做爱,耳垂,眉毛,

日子编织成结。
他穿过她的厨房,抚摸家具,
头上有一个小螺旋桨

随着他说话而转动。室外,
一个小男孩对着树撒尿,一个乞丐
训斥他的猫——那个 1938 年的夏天——
墙壁热烘烘,日头打在
城市的砖墙上,
"这个爱屈服于威权的城市。"
在每一个视野的尽头,他用牛奶擦她的脚。
她敞开身体,躺在他腹部。
我们将在圣彼得堡相见,他说,
我们已把太阳埋葬在那里。

# 音乐疗法

他的名字是奥西普,但不知是出于开玩笑还是假装,我们叫他奥维德。故事是这样的,奥维德是玫瑰花盗,夜间从公园里偷走十二支玫瑰,藏在外套里,然后清晨在火车站出售。奥维德偷走了总督大人的外衣后,名声大震,然后卖给市里的首席法官。而在法官家里偷走马,又回来卖给总督,并提到他看见法官穿着偷来的外衣。总督给偷来的马装上马鞍,飞驰到合法主人那里要回自己的宝贵财产。至于奥维德,他移居阿根廷,成为一名厨师。汤在罐子里煮过了头,罐子上刻着"痴迷",他在炉灶与桌子之间为自己唱歌催眠。

## "冷薄荷-黄瓜汤"

两汤勺黄油

一杯纯酸奶

一枚洋葱(切碎)

一个大蒜

三根黄瓜(切片)

让黄油在煎锅里融化,加上大蒜、洋葱、黄瓜,炒至软。倒进汤里搅拌,煮沸,做成原汤。同薄荷与尖椒一起搅拌。上菜前

两汤勺米粉　　　　　　　与酸奶搅拌。混合。

两杯鸡汤

两汤勺新鲜薄荷(切碎)

盐和胡椒


"我给你讲一个故事。"奥维德会说。我摇摇头,不用了,谢谢。"哈,一个浪漫的男孩带着一颗赤裸的心!你从未被埋在土里,或被当作味美的祭品肉让人品赏!听这个故事——"

我叔叔五十多岁时生病了,他的两个兄弟拿着"日子清单"走街串巷,他们请邻居们捐出自己生命的一天或两天,并在旁边签名。他们问到一个年轻的邻家女孩纳塔利娅,而她偷偷爱上了他,她写道:"我把剩下的所有日子都给你。"然后签字。甚至连他的两兄弟都试图说服她收回,他们大声说出理由,她就是不听。"我剩下的全部生命都给你,"她说,"这是我的心愿。"

第二天早晨,我叔叔脸上带着笑容站了起来,中午,人们发现女孩的身体已在她满是汗水的床上气息奄奄。冬天过去了,然后又一个冬天。男人周围的朋友都开始死去,他埋葬了自己的兄弟。他憎恶他的存在。每个星期天我们都在市场看到他，用拇指尝水果，买一个桃子或梨，喃喃自语。他只跟孩子们说话。一天晚上，他说仿佛听到一种遥远的音乐。惊讶之中，他明白了——那天是纳塔利娅的婚礼当日，合唱团在咏唱，而她没有机会加入合唱。一年后，读《塔木德》时，他在一页中间停下来，听到一个孩子的哭声。主啊，他低声说，她的婴儿今天出生——一种她永远也无法知道的幸福。她的生命，一小时一小时，在他眼前蒸发。他又一次听到音乐，猜想这是否是她的第二次婚姻，或她女儿的早婚。多少次他在夜间醒来，请求上帝赐予他死亡，但他活着。我们看到他，每个星期天的早上，在市场，买水果，仔细数零钱。七月的一天，他从口袋里掏硬币买李子时，猛然拼命地揉胸口。他在人行道上坐下来，低声说，他突然听到某人致命的尖叫声。我们明白了。

# 举 杯

> 如果你愿意,这将不是梦想。
>
> ——西奥多·赫茨尔

十月:葡萄像女孩的拳头悬垂,
沉醉于她的祷告中。记忆,
我耳语,保持清醒吧。

我的静脉中
长音节收紧它们的绳索,雨落下来
直接来自十八世纪
意第绪语或一个更暗的语言,这其间
想象是唯一的词语。

想象!一个年轻的女孩跳着波尔卡舞,
毫无惧色,被主的死神出卖
(或者当弥撒推迟时,他躲在
床下)。

我的国家,夜晚带来雨水,白杨树
变成青铜色,光线照在这些纸页上,

我,还有我父亲,
无法描述你的梦,从杯中
饮我的沉默。

● 奥西普·曼德尔施塔姆

○

我们将在圣彼得堡相见，他说，

我们已把太阳埋葬在那里。

纳塔利娅

# 纳塔利娅

她的肩膀：给夜晚的咏歌，多么大的野心。

我发誓要教会她骑马，我们将去墨西哥、安哥拉、澳大利亚。我要她想象我们在敖德萨的可耻日子，我们将开一个小糖果店——除了她的情人和我的邻居（他们大把地偷奶油巧克力），我们别无其他客户。在一个空旷的商店里，在货架之间跳舞，与糖衣核桃，干康乃馨，一盒一盒蘸着蜂蜜的薄荷与樱桃，我们将彼此耳语，讲述我们最真实的故事，因为幻想是我们的习惯。

她膝盖背面：一片受到保佑的领域，我把希望寄于那里。

我打开《哀怨集》，夜之网铺开，
我爱的女人从停车场冲出来。
"你会跑掉的，"她说，"我已经
看到了：火车站，湿滑的地面，一个座位。"

我叫她别管我，童年时
男人们举着旗帜过街
对她说：别管我们。
仿佛他们被赋予权力，其实没有。

她带着激情反击，举起手，
插进我的头发。我右侧藏着一个疤痕，
她用舌头滑过去
然后含着我的乳头睡去。

而纳塔利娅，在我身边，翻着书页，
发生与未发生的事
必须轮流说，轮流唱。
我的编年史，纳塔利娅，我给你两杯空气，
你把小指蘸进去，舔干。

这首诗是这样开头的:"一月末,黑暗,手写于树上。"我对她说话时,她坐在镜子前,梳头。水从她的头发中倾泻,树叶落下。我脱去她的衣服,舌头滑过她的肌肤。"土豆!"她对我说,"我闻起来像土豆!"我用手指触摸她的嘴唇。

我遇见她的那一夜，拉比唱歌，又叹气，
神的嘴唇在他额头上，他怀抱五部《托拉》。
——我解开她的丝袜，担心

我已停止了担心。
她睡我床上——我睡椅子上，
她睡椅子上——我睡厨房，

她把拖鞋留在我浴室，我的《托拉》里，
她的拖鞋，在我说的每一句话里。
我说：我爱的人们——死吧，衰老，重生。

但我爱你床单的固执！
我咬它们，品尝床单——
枕头和枕套的甜蜜机制。

一个严肃的女人，她不穿衣服
跳舞，盖住能够盖住的地方。
我们一起躺在"赎罪日"，这个选择归咎于错
　　误的神，

书本里的人，这本书被另一本撕破。

我会停止，我会停止在大脑里引用这些诗。她喜欢这样。她举着抗议标语的标语。每天晚上，她给我啤酒和酿青椒。她在一盒磁带上——说呀说呀说。一个按钮使她静下来。但她说的话上升到我肩头，我眉头。

"让我吻你,在你肘部内侧吻,
纳塔利娅,细心的姐姐"
——他诉说着感激,说话时

手指颤抖。
她解开他裤子上的两颗纽扣——
学习两种语言:

一个是脚踝,一个是记住。
或许她认为屋子里有一个
衣冠楚楚的男人是坏运气。

她用一支眉笔,画
他的胡子:这使她
想去抚摸他,但却没有。

她掀开她的长袍,
关合,掀开,再关合,
她低声说:过来吧,小紧张——

他踮起脚尖跟在她身后。

"我不需要一个犹太教堂，"你说，"我可以在我的身体内祷告。"你不盖被子睡觉。我无法辨别哪是抵达，哪是出发。你在我两次回避的语言中说话。你打开所有门，大叫，然后沉默地打开每一扇门。

　　另一个人也在这页纸上，写着。我想比她更快速地移动手指。

我们相爱,八年过去了。
八年。我小心解剖这个数字:
我们与三只猫住过五个城市,

见证一个男人如何隐形地老去。
八年了!八年!——我们冰镇了柠檬伏特加
在地板上亲吻,在柠檬皮之中。

每天晚上,我们站起来,看自己:
一个男人和一个女人跪下来,低声喊"上帝",
一个词语,灵魂将它毁灭才能看清。

活着多么神奇!集市上下雨了,
我的手指下雨,她敲打着抑扬格
在我们最大的砂锅背面,

我们唱着,甜蜜的美元啊,
为什么不在我口袋里?

（突然间）生活的愉悦进入我。公园里，她只在杏树下跳舞，一个戴眼镜的好奇的女子，她的野心局限于杏树。我写道："握紧，我的心脏，我要装傻，我要擦拭每一天的灰尘硬币。"她读到这里笑了，我从她肩头看过去。我将夜晚的时钟设置到与她的声音节奏一致。

# 尾　声

"你会在从雅尔塔到敖德萨的船上死去。"
——一位算命先生,1992 年

是什么将我捆绑于这大地？在马萨诸塞州,
鸟儿强行飞入我的诗行——
大海重复,重复,重复着。

我祝福从雅尔塔到敖德萨的船只,
祝福每一位乘客,他的骨头,他的生殖器,
保佑他身体里的天空,
天空,我的药,天空,我的国家。

我祝福海鸥的大陆、它们有序的争执。
风,我的主人
坚信杨树和燕子的快乐——

保佑一个女人的眉毛,嘴唇,
他们的盐,保佑她肩膀
圆润。她的脸,一盏灯笼,
我依此为生。

你可以看见我们, 主啊, 她是一个闭着眼睛跳
　　舞的女人
而我是与这个女人
在床头柜和桌椅之间争论的男人。


主啊, 你已付出的, 请给予我们。

旅行音乐家

# 旅行音乐家

一开始就是海——我们听见呼吸中的冲浪,确信我们血管里流着海水。

一个以醉醺醺的裁缝、巨大的拉比墓穴、马帮和盗马贼闻名的城市,尤其是酿馅鱼和烤鱼。在敖德萨,语言总是涉及手势——手一忙活就无法问路。我问过一次:一个人抱着两个大西瓜,一手一个。我问题一多,他脸就涨红了,哈,他想边说话边打手势,一个西瓜滚到地上。他没有失望,五十岁的男人呆望着路边水灵灵的西瓜肉。他笑起来像我所知道的最严肃的孩子,他给我讲了个故事,有一个国家,在那里每个人都是聋子。

# 向友人告别

和尼古拉·扎博罗兹基

是的，每一个人都是一群鸟的灯塔，我把我的
    朋友
写进大地，写进大地，写进大地。

看，一个甲壳虫人
手举灯笼，向熟人致意。

你站在那里，戴白帽，穿长外套，
拿着写诗的笔记本，

你为姐妹们带来野康乃馨，
紫丁香花尖，刺和小鸡仔。

去吧，我边写边随着纸页
翻开你在屋子里来回走动的步子。

# 保罗·策兰

他用手指，对着你的嘴
写字。

他在灯光下看见泥土，风打的树，
他看见草木此刻仍幸存，书页

如燃烧的田野一样刺目：
光线。救赎。

他轻声说。词语留下土壤的味道，
在他的唇上。

保罗·策兰

年轻时,他在工厂干活,但人们都说他看上去像古典文学教授,而不像工人。

他是一个俊美的男人,有着修长的身体,走动时有一种优雅和几何精准的混合。他脸上有笑容的痕迹,仿佛从未有其他情感触碰过他的皮肤。甚至在他五十岁的时候,十九岁的女孩子们还会在火车和电车上对他眨眼,问他要电话号码。

策兰死后七年,我看见他穿着旧袍子独自在卧室里跳舞,跳一步哼一句。他不介意成为我故事中的人物,以一种他从未学过的语言。那天夜晚,我看见他坐在屋顶上,搜寻金星,背诵布罗茨基的诗句。他问他,他的过去是否真的存在过。

● 保罗·策兰

○

词语留下土壤的味道，
在他的唇上。

## 给约瑟夫·布罗茨基的挽歌

以简洁的语言，因为字里行间的甜蜜
已不再重要，
你称为移居，我称为自杀。
在标点符号背后，
我输出纽约的飞扬之夜，大道
滑入西里尔文字①——
冬天缠绕词语，将雪抛向风。
你，在一行未写出的句子中间，停下，
流亡到比沉默还遥远的地方。

*

我永久地离开了你的俄罗斯，诗句缝进枕头里，
匆忙奔向我自己的训练，
与你的诗行一起生活
在一个自相矛盾的故事边缘。
活在你的诗行中，在那里船帆升起，海浪
用每一个元音敲打城市的花岗岩石——
书页自动开启，一个低沉的声音
述说苦难，水。

\*

我们回到犯罪的地方，
而不回到爱过的地方，你说；
你的诗是用奶水滋养我们的狼。
我试图模仿你两年了。感觉像燃烧，
并为燃烧而歌唱。我站立，
仿佛有人向我吐痰。
你会为这些木头句子感到羞愧，
而我是如何地不去想象你的死亡，
但它就在这里，将我的手置于火上。

---

① "西里尔"为斯拉夫语的书写字母。——译者注

# 约瑟夫·布罗茨基

约瑟夫以当私人教师谋生,他什么都教,从工程到希腊文。他的眼睛睡惺惺的,很小,他的脸被一大片胡子主导,同尼采的一样。他语无伦次。你喜欢勃拉姆斯吗?我听不见,我说。肖邦呢?我听不见。莫扎特?巴赫?贝多芬?我听不清楚,请你重复一遍好吗?你会在音乐上有造就的,他说。

为了遇见他,我回到1964年的列宁格勒。街道魔鬼般的冷;我们坐在人行道上,他突然开口(一声干笑,一支烟)告诉我他的人生阅历,我们交谈时他的话变成冰柱。我在空气中阅读它们。

○

你，在一行未写出的句子中间，停下，

流亡到比沉默还遥远的地方。

● 约瑟夫·布罗茨基

## 伊萨克·巴别尔

幸福是什么？伦勃朗，彼特拉克，
光的仆人
得到鹅与杨树的保护。

伊萨克·巴别尔知道，他发明了一种沉默的
　文体，
一个精准的人，他的沉默存在于
别人的
身体里。精准的人，

烟夹在耳后，喝酒
与警察局长一起喝，借钱
找情妇去借，写分行——
困难——行与行之间有火。

他为他的生命做一份记录，
我仍然在我的身体里，他称赞
死者：高尔基，莫泊桑。
疑惑的时候
他在他们画像前喝酒。

什么是幸福？几个故事
让审查员上当。他不会像
举烛台一样举起沉默，
他对一个丑陋的女孩说：你是美丽的，
你将行走于地球上空，平视前方。

# 伊萨克·巴别尔

没有神话：奥德修斯上吊自杀。荷马喝醉至死，一股泥土臭味。

巴别尔知道。"我是一个舞蹈教授，"他自我介绍，"我知道不同的舞蹈——波尔卡、探戈、弗拉门戈，欲望和极乐的舞蹈，有妻子或无妻子的舞蹈。"

"到处都是敖德萨，"他说，"但只有敖德萨舞动起臀部来比敖德萨更美。"他赤脚跳舞，以便能够"保护产品"。喝醉时，伊萨克会站在人行道上，叫一辆出租车。

"你有空吗？"他会问，打开门。

"有。"一个出租车司机会说。

"是吗？那么出来，去跳舞！"

一个疲惫的人，笑的时候，似乎他绝对是独自一人在地球上。某些女人在大街上走过，他会转过身来，安静地说："她真是一块面包啊，多么温暖的面包。"

"你觉得玛丽娜怎么样？"我问过他很多次。

"我觉得她是一个美妙的女人！"

"真的吗？她总说你是白痴。"

"哦，也许我们俩都错了。"

多年来，我密封的嘴唇锁住他疯狂的醉人故事，他讲笑话时，我紧闭着嘴笑。

"伊萨克昨晚喝酒了吗？"玛丽娜问。

"我不知道！但是他回家的时候，要镜子，看是谁回家了。"

●伊萨克·巴别尔

○

没有神话：奥德修斯上吊自杀。

荷马喝醉至死，一股泥土臭味。

巴别尔知道。

# 玛丽娜·茨维塔耶娃

在每一行奇怪音节中：她醒来
如同一只海鸥，撕裂
于天地之间。

我接受她，与她站在一起，面对面。
——在这个梦里，她穿着裙子，
像一只帆，在我身后跑，我停

她也停。她笑着，
孩子一样自言自语：
"灵魂＝痛苦＋其他所有一切。"

我笨拙地双膝跪下，
不再争吵，
我需要的只是一扇人间的窗户

在以我生命为屋顶的房间里。

## 玛丽娜·茨维塔耶娃

在我耳聋的第一年，我看见她与一个男人在一起。她戴着紫色围巾，半跳着舞，把他的头抱在手中，放在胸前。然后她开始唱歌。我聚精会神地观察她。我想象她的声音有橘子的味道；我爱上她的声音。

她是这样一个女人，像个共谋犯一样发出矛盾的讯号。"别吃苹果核，"她威胁我，"吃了苹果核，树枝会长在你肚子里！"她摸我的耳朵，用手指抚摸。

我对她丈夫一无所知，只知道他在一辆开动的汽车上死于致命的心肌梗死。她脸上没有抽缩，看着她的脸，我明白了悲痛的尊严。从葬礼上回来后，她脱下鞋子，赤脚走在雪地里。

● 玛丽娜·茨维塔耶娃

○

在每一行奇怪音节中：她醒来
如同一只海鸥，撕裂
于天地之间。

# 赞　美

……而有一天会有一些黄柠檬
透过半开的大门朝我们闪烁
这些金色的阳光号角
在我们空旷的胸部
倾吐他们的歌声。

——蒙塔莱

# 赞　美

我们匆忙地离开敖德萨,忘了公寓前那只装满英语字典的箱子。我来到美国,没有带字典,但有几个词语存留下来:

**忘记**:光的动物。一只船抓住了风和船帆。

**过去**:人们来到水的边缘,举着灯盏。水可疑地冷。许多人站在岸上,最年轻的把帽子抛向空中。

**理性**:将我与疯狂隔绝的不是隔绝,真的不是。一个巨大的水族馆,装满了水草,乌龟和金鱼。我看见闪光:移动,刻在额头上的名字。

**快速的笑**:她倾身过来,好奇地。我喝得太快。

**死**:进入我们的梦中,死者变成没有生命的物体:树枝,茶杯,门把。我醒来,渴望我也带着这般的清晰。

时间,我的孪生,牵着我的手
穿过你城市的街道;
我的日子,你的鸽子,在抢面包屑——

*

一个女人在夜晚要我讲一个结局圆满的故事。
我没有。一个难民,

回到家变成鬼
寻找曾经住过的房子。他们说——

我父亲的父亲的父亲的父亲是一个王子
同一个犹太女孩结婚

违背了教会的意愿和他父亲的
父亲的父亲的意愿。失去了一切,

渴望失去:地产,船舶,
隐藏这个戒指(他的婚戒),这个戒指

我父亲交给我哥哥,然后拿走。又给他,

然后拿走，匆忙地。在家庭相册里

我们端坐着
如同学生服模特

而破坏，
像一堂讲座，被推迟。

然后母亲开始跳舞，重新排列
这个梦。她的爱

很艰难；爱她却简单，如同把桑葚
放入嘴里。

哥哥的头上：没有一丝
白发，他唱歌，唱给他十二个月大的儿子听。

而父亲唱歌，
唱给六岁的哑默。

这就是我们如何生活在地球上，一群麻雀。
黑暗，一个魔术师，在我们耳朵后面

找到栖身处。我们不知道生活是什么，
谁给的，现实覆盖着厚厚的

渴望。我们放在嘴唇上，
饮下。

*

我相信童年，一个数学试题的故土，
归与不归，我看见——

岸边，绿树，一个男孩
从街上跑过，像一个迷路的神；

光线落下，触到他的肩。

记忆，一支古老的长笛，
在雨中吹响，狗睡去，舌头

半悬在外面；
生死之间二十年

我在哑默中穿行：1993 年来到美利坚。

*

美利坚！我把这个字放在一张纸上，这是我的
　　锁孔。
我看见街道，商店，骑自行车的人，夹竹桃。

我打开一个公寓的窗户
说：我曾经有过主人，他们在我之上呼啸，

我们是谁？为什么在这里？
他们提的一盏灯笼仍然在我的睡眠中闪耀，

——在这个梦里：我父亲呼吸
仿佛一次又一次点灯。记忆

启动旧引擎，开始移动，
而我以为树木在移动。

沾了土的纸角上
我的老师在行走，走出一个声音；

他在手掌上摩擦每个字：

"手向泥土和碎玻璃学习,

你不能想出一首诗来,"他说,
"看光线凝固,凝固成字句。"

*

我出生在一个以奥德修斯的名字命名的地方,
我不赞美任何国家——

伴随着雪的节奏,
一个移民的笨拙单词
坠落成语言。

而你要
一个结局圆满的故事。你的孤独

拉响了琴音。我坐在
地板上,看你的嘴唇。

爱,一只腿的鸟,
我幼时用四毛钱买回,然后放飞,

现在又回来了,我的灵魂在恣意扇动的羽毛中。
哦,鸟的语言

没有诉苦的词汇! ——
阳台,风。

这就是黑暗怎样用小指头
画我的肖像,

我已学会像蒙塔莱那样看待过去,
神的隐秘念头降落

在一个孩子的鼓点中,
穿过你,穿过我,穿过柠檬树。

# 附录 I

卡明斯基散文

# 抒情诗人

伟大的歌手吟唱时,空间和时间的皮肤都绷紧,没有一个角落不被静默或天真覆盖,生命的长衫从里向外敞开,歌手成为大地和天空,昨日于明日都唱着同一支生命之曲。

——约翰·伯格

如果歌在寻找大地,如果歌
被赋予灵魂,那么一切都会消失,
变为虚有,它所代表的星辰,
以及引领它的声音,引领一切消失。

——奥西普·曼德尔施塔姆

"我没有手稿,没有笔记本,没有档案,"奥西普·曼德尔施塔姆写道,"我没有手迹,因为我从来不用手写。俄罗斯只有我一人用声音写作,而周围全是狗娘养的作家。我他妈到底是什么样的作家呢!? 滚出去,你们这些蠢货!"①

---

① 曼德尔施塔姆,《第四散文》。

为了介绍这位诗人,必须首先问,什么是抒情诗人,什么是抒情的冲动。抒情诗人是自称为语言"工具"并改变语言的人。抒情的冲动呢? 这是曼德尔施塔姆的同代诗人茨维塔耶娃所说的:

> 我的困难(写诗中的困难——也许对其他人是理解这些诗的困难)在于我的目标的不可能性,比如,用词语来表达呻吟:嗯—嗯—嗯。用文字、意义,来表达一种声音。以使唯一留在耳朵里的是嗯—嗯—嗯。[1]

\*

1891 年 1 月 3 日,华沙。伊米尔和弗罗拉·曼德尔施塔姆生下一个男孩。

> 我父亲绝对没有语言,他说话就是舌头和无语。一个波兰犹太人说的俄语? 不可能。一个德国犹太人的语言? 也不可能。也许是一种特殊的库尔兰口音? 我从来没有听过这样的……语言……正常的词汇混杂着古老的哲学术语,赫

---

[1] 茨维塔耶娃,《关于写作和笔记》。

尔德，莱布尼茨，斯宾诺莎，反复无常的塔木德语法，人为的且总是未完成的句子：这可以是世上任何东西，但不是语言，既不是俄语也不是德语。①

我的目标是不可能的，比如，用词语来表达呻吟：嗯—嗯—嗯。用文字、意义，来表达一种声音。

\*

还是一个小男孩的时候，奥西普·曼德尔施塔姆就把他写的诗寄给当时一家古老的杂志，编辑注意到：

曼德尔施塔姆并没有觉得俄语是他自己的语言，他带着爱慕仿佛从远处观察着它，发现它的美丽……倾听它，为使用它之后的神秘胜利而狂欢……俄语开始听起来像一种新的语言。②

我引用这些证词并不是要说明曼德尔施塔姆的父亲——在一定程度上，有关诗人自己——是一个

---

① 曼德尔施塔姆，《曼德尔施塔姆散文》。
② 谢尔盖·马科夫斯基，《同时代的画像》。

俄语非母语使用者。我引用这些是因为我相信没有一个伟大的抒情诗人使用他或者她那个时代所谓"规矩的"语言。艾米莉·狄金森没有写"规矩的"英语句法,而是有关零碎观察的倾斜乐句。半个世界之外,半个世纪之前,塞萨尔·巴列霍在一行中间放三个点,似乎语言本身不够用,似乎诗人的声音需要从一个意象跳跃到另一个意象,用艾略特的话来说就是,在口齿不清中突袭。保罗·策兰从德国给他妻子写信时写道(他流亡法国时曾在德国短暂居留):"我用来写诗的语言与这里或任何地方的语言无关。"

*

而用英语来讨论曼德尔施塔姆的时候,如何展示他俄语中的**隐秘**成分呢?以下这段话的英语对等语是什么?"Voronezh;/Uronish ty menya il' provoronish,/Ne veronish menya ili vernesh,/Voronezh-blazh,Voronezh-voron, nosh."("沃罗涅日;/放弃我,不见我,/把我吐出来,把我还给我,/沃罗涅日——傻瓜,沃罗涅日——乌鸦,落日。")大声朗读这些句子,我们会情不自禁地想到杰拉德·曼利·霍普金斯。与霍普金斯相比,会使人联想到路易丝·博根所说过的"霍普金斯语言中的很多特殊效果,我们以为是'现代'式压缩语的成功,实际上是希腊式压缩的模式转换成的英语诗句"。如果在这里将"英语"替换成"俄语",她几乎就是在描述曼德尔施塔姆了。曼德尔施塔姆的希腊语老师回忆道:

> 他上课时总是令人恐慌地迟到,一见到希腊语语法的秘密就被彻底吓倒。他挥舞双手,在房间里来回走,用唱歌的声音喊出词尾变化和变位。阅读荷马变成一种极其可观的事件;副词、缩写、代词在睡梦中追逐他,他进入了一种同它们之间的神秘的个人关系……第二天他来的时候带着内疚的笑容说:"我什么也没准备,但我写了一首诗。"不等脱下大衣,他就开始背诵……他把语法转化为诗,他声称荷马越难以理解,越美丽……曼德尔施塔姆没有学习希腊语,而是靠直觉掌握了它。①

他凭直觉学会了希腊语,从口齿不清达到一种新的和谐。抒情诗人唤醒了这个语言,向我们揭示新的、意想不到的、音乐中的句法,方式如同在嘴里安排那些静默。"你不知道诗歌都是来自一些什么样的垃圾。"安娜·阿赫玛托娃这样描述她自己的写作过程。曼德尔施塔姆从文学生活的一开始,他的读者就看到

---

① 康斯坦丁·莫库斯基,《相会》。

了他重塑俄语的能力。他们说他以陌生人的眼睛看俄语。他们说他写的是"想象的俄语"。有时他们会不客气地说,他迷失于"他自己的语言,他自己的俄罗斯拉丁语"①。但你可以这样说任何一个伟大的抒情诗人。

\*

奥西普出生几年后,曼德尔施塔姆一家于 1897 年搬到圣彼得堡,在那里,奥西普的母亲,弗罗拉·奥斯波芙娜,出于"一种几乎疯狂的需要"从一个公寓搬到另一个公寓。人们不禁好奇,这样的搬迁如何影响了这位诗人,他后来跑遍了苏联,仿佛中了魔,从莫斯科到基辅到亚美尼亚到克里米亚,寻找房子,公寓,房间——而当后来公寓终于授予他时,却没有和平:

我在空中迷路——此时,何处?

\*

曼德尔施塔姆的一生充满了二元对立,纠葛,矛

---

① 弗拉基米尔·马尔科夫语。

盾。一个出生于波兰的犹太人,他是 20 世纪俄罗斯诗歌的核心人物。一个现代派,他公开为严格的古典形式辩护。他以丰富的格律诗句结构写作。而有时又不这样写。他很少用标题。有时又用。同一首诗他留下多种版本,有时又将相同的段落插入不同的诗。他大声写作,朗读给他妻子听,她把那些诗记录下来。曼德尔施塔姆是俄罗斯"最文明的诗人","欧洲之子",但他发现他"最饱满的呼吸"不在世俗的欧洲首都,而在流亡中的沃罗涅日省城。

也许这样的两重性和矛盾,同时也存在于一个现代诗人抒情冲动的内核里,它们汇集了最原始的对立面,制造出"神圣的和谐"。但在战争和革命年代,什么是抒情的冲动?是个人声音吗?这个声音是否能代表国家发言?一个人的声音是否能为他那个时代的史诗性的事件而发声?这些事件是否能穿越抒情诗人的声音?

\*

在这一片新房间和手提箱的海洋中,也许唯一的岛屿是一个书架:

早期童年时代的书架是一个人的终身伴侣。书架安放的位置,书籍的选择,书脊的颜色被视为世界文学本身的颜色、高度、位置。①

或许岛屿就是城市本身。圣彼得堡、彼得格勒、彼得、列宁格勒——这个"嘿兄弟,彼得罗波利斯",垂死的城市,船舶一样的城市,荷兰飞翔号,他母亲把家具从一个楼房搬到另一个楼房,他在这个城市里作为一个犹太孩子长大,这是巨大的斯拉夫帝国的首都,他在这里开始写诗,后来被称为"彼得斯堡人",尽管他已经为这个城市下过定义,不少于它对他下的定义:

> 你,有着四方的窗子,
> 一排低矮而肥胖的房子,
> 你好,温柔,
> 你好,冬天,
> 彼得堡,彼得堡,
> 一千声问候。

\*

这是哪一年? 1911。曼德尔施塔姆发表了第一首诗。圣彼得堡一群年轻诗人组成了"诗人工匠

---

① 曼德尔施塔姆,《时代的喧嚣》。

会"，命名自己为"词语的工匠"。尼古拉·古米廖夫是这个协会的"大师"。他妻子，安娜·阿赫玛托娃，是"秘书"。曼德尔施塔姆是"首席小提琴"。

他们称莎士比亚、维庸、拉伯雷为导师，这表明西欧文化，而非俄罗斯文化，是他们的北斗星。正如时间所证明，把他们的诗歌绑在一起的东西很少，只有共同追求的精准。曼德尔施塔姆写道：

> 一切变得更沉重，更巨大，因此人必须变得更加硬朗，因为他必须是地球上最硬的东西；他相对于地球，如同钻石相对于玻璃。

1912 年，他们自称为阿克梅派。

*

如同圣彼得堡本身一样，阿克梅派向往的是建筑结构的清晰，是从它四周的黑暗中跳跃出来（国家贫困的黑暗和无知的黑暗）——就像曼德尔施塔姆说过的一句名言——"对世界文化的怀旧"。他们的对手？象征主义。是的，这是父与子之间的老问题，象征派领衔诗人吉皮乌斯是曼德尔施塔姆的小学老师。象征主义认为，此时此地可见的是虚幻，在任何情况下这一切都注定会破碎或分解——一个充满恐怖预

感的远景。在这种视觉中的世界里,语言是模糊的。与此相反,阿克梅派要求语言的"经典"精准和形式上的优雅:

> 人们经常听到:"这样不错,很好,但这是昨天。"而我说:"昨天尚未出生。在现实中,它甚至还没有发生。我需要奥维德、普希金和卡图卢斯再次出现——我对历史上的奥维德、普希金和卡图卢斯还不满足。"[①]

曼德尔施塔姆的第一本书——《石》——出现于1913 年。他二十三岁。大战即将开始。三年后他将会遇到玛丽娜·茨维塔耶娃。四年后,俄罗斯帝国将崩溃。

\*

那么,圣彼得堡的小泡沫——这个青年诗人聚集之处,叫作流浪狗的小咖啡馆——周围发生了些什么事?在俄罗斯,夏加尔正以画家身份出现,拉赫玛尼诺夫和斯特拉文斯基在改变音乐,斯坦尼斯拉夫斯基和梅耶荷德在改革剧院,佳吉列夫在改变俄罗斯古典芭蕾。

---

① 曼德尔施塔姆,《词与文化》。

而在国外，法国，阿波利奈尔受惠特曼的启发，正领军反抗法国的象征主义。庞德正虚张声势地穿过传统，汲取他想要的，扔掉他不想要的。

*

然而，与庞德或者阿波利奈尔做比较是一种误导。法国和美国的吟游诗人之前有着几百年的诗歌传统。曼德尔施塔姆和他这一代人是俄罗斯文学的白银时代诗人。普希金这位俄罗斯诗歌传统的父亲，是黄金时代①。而普希金仅仅死在他们之前几十年。

而普希金之前是什么？

黑暗。

*

普希金：

　　俄罗斯长期异化于欧洲。它接受来自拜占

---

① 普希金之前的三位知名诗人，罗蒙诺索夫，特里耶特雅科夫斯基，以及杰尔扎温，与普希金相比，被普遍认为是次要诗人。优美动人的早期史诗《伊戈尔远征记》，仅有 19 世纪的文本；一些学者认为，这实际上是在 19 世纪完成的。

庭的基督教之光,但既不参加罗马天主教世界的政治动乱,也不参与那里的文化活动。伟大的文艺复兴时代没有对它产生影响……(受鞑靼奴役)长达两个黑暗的世纪,只有神职人员接续了拜占庭文学的苍白星火……而被奴役的人们内心生活没有得以发展。鞑靼人与摩尔人不同,他们征服了俄罗斯之后,没有给它带来代数或者亚里士多德。①

恰达耶夫说,俄罗斯没有历史,19世纪公共知识分子离开俄罗斯之后,没有足够的勇气(或疯狂)返回。但是当恰达耶夫宣布这一点时,他忽略了语言。俄罗斯没有历史,也没有文学,但有自己的语言。很快,恰达耶夫的同代人,其中有普希金和果戈理,便开始发展欧洲最年轻也是势头最猛的文学传统之一。

\*

俄罗斯诗歌传统之惊人的年轻是曼德尔施塔姆那一代人"对世界文化怀旧"的真正原因。虽然庞德之类的西方人向别处寻找影响来**重建**他们时代的诗歌,俄罗斯人由于被缺乏文学的几世纪的黑暗所包

---

① 普希金,《亚历山大·普希金的批评文论集》。

围,而向其他语言的经典之作学习,以**创建**自己国家的诗句。托尔斯泰和陀思妥耶夫斯基直到 19 世纪后半叶才写出史诗,因为在他们之前,俄罗斯语言中没有伟大史诗。创造经典,成为俄罗斯的一个现代项目: 具有时间的紧迫性。曼德尔施塔姆说:

> 古典诗歌被看作应该就是那样的,而不是已经是那样的……当代诗歌……是幼稚的……古典诗歌是诗歌的革命。①

\*

1917 年。革命高潮时期,曼德尔施塔姆:

> 没有多少钱,竟然奇迹般地得到(圣彼得堡最优雅的)阿斯多利亚酒店的一个房间,每天盆浴数次,每天喝绝非因误会而放在他门口的牛奶,中午在多侬餐厅用餐,那里的主人疯了似的给每人赊账。②

---

① 曼德尔施塔姆,《词与文化》。
② 阿瑟·罗瑞语。

革命年代的抒情诗人是什么形象？一个年轻人每天洗澡数次，每天喝牛奶，而炸弹就在他住的酒店房间外面爆炸？

\*

几个月之后，他最好的朋友，诗人尼古拉·古米廖夫将被枪毙。曼德尔施塔姆将在革命之后的内战期间，持续几年从一个城市跑到另一个城市。他被囚禁多次。

在那些日子里，"曼德尔施塔姆总是激情的，总是饥饿的，但由于那时候大家都饿肚子，我应该说他比其他人更加饥饿。有一次他来拜访我们时只穿着雨衣，没有任何别的东西"①。

\*

1919年。基辅。他娶了娜杰日达。从这天开始直到1938年，他们从来没有分开过。他和他的新妻子将在帝国的废墟上行走多年，像现代堂吉诃德和桑

---

① 伊戈尔·斯特拉文斯基和罗伯特·克拉夫特，《回顾和结论》。

丘·潘沙。

实际情况如何呢?

大革命之后,他向高尔基(通过诗人工会)申请一件毛衣和一条长裤,高尔基拒绝了长裤。①

*

安东尼奥·马查多建议:"为了写诗,你必须先创造一个会写诗的诗人。"无论曼德尔施塔姆是否创造了自己,还是由于他那个时代的压力而被锻造出来,有一件事是显而易见的:最好的诗写于他人生最黑暗的年代——克里米亚的饥荒,莫斯科躁动不安的生活,沃罗涅日的流亡。"躁动是第一个迹象。"娜杰日达写道:

> 他写东西时,嘴唇立刻颤动起来……他的头扭着,下巴几乎碰到肩膀;他一只手捻转着拐杖,另一只手扶着石阶保持平衡……当他"创作"时,他总是需要大量的运动,要么在屋里走来走去,要么在外面街上不停地走。②

--------

① 娜杰日达·曼德尔施塔姆,《丢弃的希望》。
② 同上。

他如何看待诗人这个职业？也许毫不奇怪,他的观点相当接近于他的同代人 W. H. 奥登:

> 无论实际内容和兴趣如何,每首诗植根于想象力的敬畏之中。诗可能会做 101 件事情,喜悦,伤感,寻衅滋事,娱乐,教诲——它可能会表达情感的每一种可能的层次,并描述每一种可以想象的事件,但有一件事所有的诗歌必须做到:必须尽全力赞美人生及其存在。①

\*

他周围发生了什么？俄罗斯正在实施五年计划,政治整肃,集体农场,乌克兰饥荒(他在那里与娜杰日达结婚)。他在写日记,写儿童读物,翻译。他被诬告盗窃别人的翻译,然后是一个丑陋的公开审判。他捆了阿列克谢·托尔斯泰一耳光,红色的,如日中天的小说家。一个丑闻。

他向文学基金(一个支持苏联作家的基金会)秘书申请棺材费用。为什么？他并不是为自己要棺材;

---

① 奥登,《作诗,知诗,评诗》。

他死的时候,他们可以埋葬他,不用棺材。一个丑闻。他希望提前支付他的死亡。

*

为什么要重复这些轶事?我活着,为了生活中的两件事(阿赫玛托娃说):八卦与形而上。

*

我们讲这些故事,是希望回答一个问题:抒情诗人如何回应他那个时代史诗般的事件?曼德尔施塔姆的朋友,伊利亚·爱伦堡如是说:"诗人们以狂野的怒吼、歇斯底里的泪水、感叹、热情的疯狂、诅咒来迎接俄国革命。"只有曼德尔施塔姆"了解事件的悲怆,理解事件发生的规模"。布罗茨基写道:"(曼德尔施塔姆)也许是唯一一个能对震撼世界的事件做出清醒反应的人……他的尺度感和讽喻足以宣告整个事件的史诗般特质。"

这和那个当周围的城市在爆炸,他却在昂贵的酒店里每天洗浴、喝牛奶的是同一个人吗?我们无法解决他的矛盾,但也许注意到这些可以给我们提供一种角度来谈论他的抒情冲动。

*

20 世纪俄罗斯的读者会认为,任何诗人,都对他的人民有道义上的责任。在俄国,正如常言道,诗人远远不仅是诗人。在 5 世纪前的希腊,"无可争议,诗人仍然是人民的领袖……希腊人始终认为,诗人在最广泛和最深刻的意义上,教育他的人民"。20 世纪头 20 年,许多俄罗斯诗人都分享这种感觉。

但为民发声究竟是什么意思?而且谁是人民?

*

当政府要求写关于集体农场的诗时,他写希腊神话。后来,当政府要求为工人阶级写爱国歌曲时,他写"献给我行将垂死的精神病年代"的颂歌。"我要吐在那些获得许可才写作的人脸上,"他说,"我想用棍子敲打这些作家的头……在他们每人面前放一杯警告茶。"从而为他的人民说话。以一个人的单一声音。以直接的俏皮的语调,让人民的耳朵听懂。

他写道:一个英雄的时代在词语的生命中开启了。这个词是肉与面包。它分享肉与面包的命运:

受难。人民在饥饿。国家甚至更饥饿。还有一个东西也将更饥饿：时代。

这是一个抒情诗人与他所处的时代的关系。他既在内，也在外；在几个世纪的背景下，他受困于即时状况。《时代的喧嚣》——他的散文回忆录的标题——也可以被翻译为"时代的嗡嗡声"，嗡嗡声是诗人写作过程的一部分，几乎如同是时代的物质通过他在他的内部转化着。"对于一个艺术家来说，"曼德尔施塔姆写道，"一个世界观是一种工具或手段，像一把锤子在一个石匠手中，唯一的现实是艺术本身的工作。"

*

阿赫玛托娃在她的《安魂曲》中写出了那个时代恐怕是唯一一持久的史诗；曼德尔施塔姆为我们提供了完全不同的东西：一个在人民之外歌唱的声音，大笑，诅咒，赞美，寻找读者！顾问！医生！等待被逮捕，由于绝望而从二层楼窗户跳下，在街上向一个朋友要钱。这不是一个国家的声音，这是一个人类的声音，一个有着如此赤裸裸的感觉和丰富音乐的声音，可以被任何人说出：

我在空中迷路——此时,何处?

\*

为什么用引号来讲述他,为什么是碎片?"摧毁你的手稿,"他写道,"但保存你写于缝隙的任何东西。"①

\*

学者很少谈论他的诗学随着时间发生的剧烈变化。人们说,贝克特决定用法语写作,因为他的英语变得"太好了",太具有诗意。

曼德尔施塔姆呢?他开始是一个害羞的犹太男孩,写阳春白雪的东西,不断引用荷马与奥维德,而20世纪30年代改用抒情手法,探索下里巴人的风格,并且能够同时超现实和朴实。就仿佛是丁尼生突然写起艾米莉·狄金森的风格。

---

① 曼德尔施塔姆,《曼德尔施塔姆散文集》。

*

　　在此不久前,他向几位朋友朗读他的"斯大林警句"(《我们活着》),其中一个是举报人。事实结果呢? 流放。他从那个窗口跳出来。新的流亡,沃罗涅日。他写出他最好的诗。归来。

　　他是一个"神圣的傻瓜",一个 17 世纪俄罗斯的"圣愚",一个"鸟神"(他爱燕子,并自认为是金翅雀),他是基督的模仿者之一,上帝的傻瓜,只有在俄罗斯战乱时期才有特权批评国家。同奥维德一样,他是梦想罗马的流亡者;同但丁一样,他写诗来"测量步行的节奏"。所有诗人都是流亡者,"因为说话就意味着永远在路上"①。

　　而另一个流亡:死于集中营。没有标记的坟墓。

*

　　而诗歌呢? 他去世后,他的诗由他的妻子和几位朋友默记。这些诗没有书面原稿。他们根据记忆写

---

　　① 　曼德尔施塔姆,《曼德尔施塔姆诗选》。

下,烧掉稿纸,根据记忆写下,烧掉稿纸,根据记忆写下,烧掉稿纸。这样持续了几十年。

我们该如何对待这另一种语言的声音?

现在,让我们再听一遍这些诗句:

> Pusti menya, otdai menya, Voronezh;
> Uronish ty menya il' provoronish,
> Te veronish menya ili vernesh,
> Voronezh-blazh, Voronezh-voron, nosh.

再听一遍:

> 还给我,还给我,沃罗涅日,
> 放弃我,或不见我,
> 把我吐出来,把我还给我,
> 沃罗涅日——傻瓜,沃罗涅日——乌鸦,落日。

听不懂吗?他曾经也听到一种他听不懂的语言:

> 我念着这些被俄罗斯嘴唇所禁止的声音,神秘的声音,弃儿的声音,也许在更深的层次上,甚至是可耻的声音时,感受到如此的喜悦。一只锡

铁茶壶里有一些沸腾的水,突然一撮奇妙的红茶被扔进来。我听到亚美尼亚语就是这样的感觉。

另一位诗人说:"我用来写诗的语言与这里或者任何地方的语言无关。"

另一位诗人说:"我的困难(写诗中的困难——也许对其他人是理解这些诗的困难)在于我的目标的不可能性,比如,用词语来表达呻吟:嗯—嗯—嗯。用文字、意义,来表达一种声音。以使唯一留在耳朵里的是嗯—嗯—嗯。"

我在空中迷路——此时,何处?

# 灵魂的喧嚣

> 不可能有过多的抒情，因为抒情本身就是过多。
>
> ——茨维塔耶娃

## 1

还是孩童的时候，玛丽娜·茨维塔耶娃就有一种"疯狂的愿望，想迷失于"莫斯科。少女时代，她梦想在莫斯科街头被魔鬼收养，做魔鬼的孤儿。

她将成为一个诗人，在这座普通人称为"40个教堂×40倍"的城市里成为一个诗人，一个钟声的城市。

这是第一个矛盾之处，因为俄国诗歌起源于彼得堡——建于18世纪初期的新首都。莫斯科是旧都，缺乏文学。在圣彼得堡大都会街道出现之前，俄罗斯没有文学存在。

但彼得堡两百年以来是俄罗斯最无自由的城市。它被秘密警察掌控，被沙皇监视，到处是士兵和公务员——一个陀思妥耶夫斯基和果戈理与我们分享的孤独城市。

长期以来莫斯科占有老俄罗斯的交椅,视彼得堡为亵渎神明之地。莫斯科是俄国中心,没有教授、没有外国人的中心;俄国仍然视沙皇为神圣。彼得大帝的第一任失宠的妻子从莫斯科诅咒圣彼得堡,说它将成为一座"空城"。

在这个莫斯科城的中心,玛丽娜·茨维塔耶娃想要一张书桌。

## 2

书桌是她生活中最重要的物件。玛丽娜·茨维塔耶娃曾说过她唯一拥有的是童年和笔记本。

对于她来说,书桌是第一件也是唯一的一件乐器。她(在上面)怎么写字呢?

"一扫所有杂事,从清晨,新鲜的头脑,空腹,一杯滚烫的黑咖啡放在写字桌上,在她活着的每一天,她像一个机器工一样朝它走去。

"桌上的一切东西被一扫而空——仅剩下一个笔记本和两只手肘。

"对四周一切不闻不见。她从来不用零散的纸,只写在笔记本里;各种笔记本,功课本,会计账目本。

"吸一口烟。呷一口咖啡。喃喃自语,将词句在牙齿上试验。

"及时回信，一收到就回复。把信件看作几乎与诗一样的手艺。

"她关上笔记本，打开房间的门。"

### 3

她说她的第一语言不是俄语，是音乐。

她一岁时说的第一个词，是"低音"，或"音阶"。

但音乐很难。"你在钢琴上按一个键，"她回忆童年时说，"但音符呢？一个琴键在那里、这里，黑的或白的，但音符呢……有一天我看见在五线谱上代替音符坐在那里的，是——一排麻雀！于是我意识到音乐乐符长在树枝上，每一个音符长在自己的树枝上，然后从那里跳到键盘上，每一个跳在自己的琴键上。然后——发出声音。

"当我停止练琴，音符便跳回到了树枝上——如同鸟儿入睡。"

茨维塔耶娃的母亲是一位有天分的音乐家。但是玛丽娜很小的时候，她母亲就已病重。为了看病而旅行，从一个城市到另一个城市，从一个国家到另一个国家。旅途中，玛丽娜·茨维塔耶娃学会了意大利语、法语，并且用来写诗。后来也用德语写诗，她母亲与她走遍了欧洲,她外祖父可以默诵德语诗。

但她的母亲想死在家里,死在俄国。

所以 1906 年,茨维塔耶娃母女动身回莫斯科。她母亲死在路上,未能抵达那个城市。

## 4

那么我们如何解释被帕斯捷尔纳克称为"所有俄罗斯诗人之中更为俄罗斯化"的这位诗人在德国、法国和意大利度过了如此多的成长岁月呢?她为什么甚至声称——她坚持声称——德语为她的"母语"(native language)呢?

也许因为诗人并非诞生于某一个国家。诗人诞生于童年。

也许因为她能说不止一种语言。她能用俄语守住"秘密""空口袋",或者如艾米莉·狄金森所说的——"斜体"。

但我们如何解释这种现象发生在另一种语言里?也许一个故事可以帮助解释:谈及回俄国的旅途,茨维塔耶娃回忆起她母亲病危中如何"站起来,拒绝搀扶,自己挪动脚步",朝钢琴走去,最后一次练琴,并轻声说——"好吧,看我还能弹些什么?"她笑着,清晰地,自言自语。她坐下。其他人都站着。从那里,从久未练琴的双手处——"我不想说出那是什么乐曲,那依旧是我与她之间的秘密"。

5

她母亲死后不久,她父亲开了一家艺术博物馆。在俄罗斯农民中间,俄罗斯工人中间,两次大革命之间,在一个闹饥荒的国家,血腥起义的国家,第一次世界大战中的国家——在这个国家的中心:茨维塔耶娃和她妹妹在博物馆里长大。

这是俄国第一家艺术博物馆。在这个岛屿上,两个小女孩。

"为什么要建博物馆?"当时的报纸大叫——"我们需要医院、学校、科学实验室。"其他报纸唱反调:"让他们建吧!革命一到来,我们就把雕塑扔出去,把课桌、病床放进去,那些墙壁会有用处的!"

(多年后,茨维塔耶娃可以默背出那些咒语。)

几十年后,她仍记得这些,这个建筑,这个博物馆,她称它为"兄弟"。

她还记得博物馆的开幕式:那正是内战之际,但她看到漂亮的女士,沙皇亲自剪彩。大革命之后许多年,她将博物馆开幕式比作科特兹城(Kitezh),那是一个神秘的俄罗斯城市,据传说,那里的居民决定让城市从地球上消失,隐藏于地下,以逃脱侵略。

113

## 6

母亲去世后几年,仍在上学的玛丽娜·茨维塔耶娃出版了第一本书。

批评家们称赞这本诗集具有不同寻常的"亲密语调",抒情日记的结构,这是记录日子的书,是系列组诗,并称赞其"亲密性"的"大胆"。

也有批评。布留索夫,一位久负盛名的老一代诗人,鼓励她诗中的"亲密感",但注意到这种抒情的亲密有时太密集了——太多了。

但不可能有"太多"抒情,因为抒情本身就"太多了"。

茨维塔耶娃说:"一首抒情诗是一个被创造出来但立刻又被毁掉的世界。书中有多少诗——就有多少爆炸,火,喷发:空缺了的空间。抒情诗——是一场浩劫。几乎还未开始——就已经结束了。"

## 7

那么,这位据称第一语言为音乐,"母语为德语"的诗人,帕斯捷尔纳克称她"比我们所有人都更为俄罗斯化",她的作品在俄语中是怎样的? 赫达瑟维奇写道:

茨维塔耶娃懂得听觉效果和语言学在民歌中会起到非常大的作用。民歌，无论欢乐或悲伤，大多像祷文。有悲叹的元素，绕口令和双关语，有法术和咒语的回声，民歌甚至有驱邪作用——纯粹是声音游戏——总有一部分歇斯底里的成分，接近于哭喊或狂笑，接近于抽象语言试验。

诗人同行巴尔蒙出于欣赏曾说道："你在诗歌中寻求只有音乐才能给予的东西。"

她是一个具有"难度"的诗人吗？也许是。但首先我们必须弄清在那个国家和时代"难度"意味着什么。普希金说：

> 我们中有一位诗人曾经自豪地说："尽管我的一些诗也许显得晦涩但它们从不会平淡无奇。"有两种晦涩：一种来自缺乏情感和思想，这种缺乏用词语代替了；另一种出于过度的情感和思想，但缺乏足够的词语来表达。

重述一次：不可能有过多的抒情，因为抒情本身就是过多。

# 8

那么如何将甚至连俄语诗人都觉得难以驾驭的作品翻译到另一种语言呢？翻译家们经常列举茨维塔耶娃的著名气质（"下辈子我不会诞生于一颗行星，而诞生于一颗彗星！"）。他们大胆宣布其野心，要在英语中模仿她的音乐——以"忠实"于她的音乐性。

但这种"忠实"立场的危险是，仅仅宣称要在新的语言里模仿这位大师的声音只能做到如此：试图模仿但无法上升到原作的水平。这种情况发生，或者由于译者缺乏技艺，或者由于"接受语"，即英语，是一种完全不同的语言媒介，而且处于一个不同的发展阶段，其某种声音效果表达完全不同的东西。

如果翻译——如同大多数译者急切声称的，是一种"最大可能的细读"的话，那么这不是翻译，是注释，是解释。翻译居住在（文本）里面。"爱神"（eros）这个字的意思是站在自己身体的外面。所以，我们在英语里看到的那些经由多人之手的版本是些什么呢？茨维塔耶娃自己如何看待她的作品被翻译到我们的语言呢？她自己翻译过里尔克，很有名。她还将莎士比亚、罗斯坦和洛尔迦译成俄语。将马雅可夫斯基、普希金、莱蒙托夫译成法文。她也把自己的作品译成法文，并为此花了大量的时间和心血。她"忠实"吗？一点也不。她也从她不懂的语言翻译：格鲁吉亚语、波兰语、意第绪语。她的大部分翻译远远不是直译。

她怎样翻译呢？

"我试图翻译，然后想——我为什么要自己碍事？况且，有很多东西法国人不明白，我们却很清楚。结果是我重写。"

学者们称她的最佳译作——她翻译的波德莱尔的《航海》——"并非从法语译成俄语"，而是"从波德莱尔译成茨维塔耶娃"。

## 9

1940年，当问到喜欢哪些作家时，茨维塔耶娃提到三个名字：

——塞尔玛·拉格洛芙（Selma Ottilia Lovisa Lagerlöf）（瑞典儿童文学家，《骑鹅历险记》的作者）；

——西格丽德·温塞特（Sigrid Undset）（挪威作家，小说有关中世纪的斯堪的纳维亚，死于纳粹集中营）①；

---

① 温塞特于1949年过世，此处疑为作者笔误。——编者注

——玛丽·韦伯(Mary Webb)(英国小说家)。

一个急切的问题:那么多的、无止无尽的、写给其他诗人的组诗是怎么一回事呢?大部分人她几乎都没有见过。人际关系远距离发生:

里尔克,从未谋面;

勃洛克,从未说过话;

阿赫玛托娃,几乎不大了解;

马雅可夫斯基,偶尔认识(她称他为"亲爱的敌人");

帕斯捷尔纳克,主要是通过信件了解。

让人不禁想到费尔南多·佩索阿以及他的多种面具,或者博尔赫斯以及他的想象图书馆(他们的想象嗜好,加上狄金森的形式密度)。

尽管在世纪交替的年代俄罗斯文学是许多文学运动的发生之地——阿赫玛托娃、曼德尔施塔姆、古米廖夫属于阿克梅派诗人;勃洛克为象征主义诗人;赫列勃尼科夫、克鲁乔内赫、马雅可夫斯基、阿谢耶夫,甚至帕斯捷尔纳克也从这同一个有创新精神的流派起家——玛丽娜·茨维塔耶娃站在所有这些圈子或宣言之外。

对于抒情诗人来说,训练并非来自圈子,或者写作班,而来自一个地方:公共图书馆。导师/团体给我们规则。书本/作品给我们机会,以及扩展技艺的可能性。

她同诗人的作品而非诗人本身建立了一种同伴关系:"阿赫玛托娃""马雅可夫斯基""叶塞宁""普希金""帕斯捷尔纳克""勃洛克"——不是与她仅隔着几个街区的真实的人,而是他们的作品引导她想象他们,并把她自己最好的诗题献给他们。

她创造了一个诗人科特兹城。吸收并延伸了他们的诗学。她给其他诗人的献诗和致诗,是一种扩张的实例,延伸到她的句法里,以她恣意的倒装句,急促吞咽的句式抹去了那些不必要的东西——琐碎与闲聊都消失了——她一口气接一口气地猛冲,句法崩溃,锤进韵律。

这并不合每个人的口味。

帕斯捷尔纳克因担心她的贫困,给高尔基写信,赞誉她的语言天分,恳请援助,高尔基不同意地说:"她缺乏对语言的驾驭,语言在驾驭她。"

她的抒情性——对这位社会现实主义领军人物来说——过多了。

"但不可能有过多的抒情,抒情本身是过多。"

## 10

她总是随身携带笔记本，并认为有必要记下一切。她反复告诫我们所有人：随时记下一切。剂量，对话，争论，关于工作和争论的想法。她有大笔记本，反复用的小笔记本，以及终稿笔记本。

她多年随身带着写给安娜·阿赫玛托娃的信，但从来没有寄出。

至此，也许应该补充一句，当俄国批评家谈论阿赫玛托娃与茨维塔耶娃的对立和两极性时——我们应当记住她们的共同之处：

茨维塔耶娃写道：

> 樱桃树中，枝条中，士兵的大衣中的小城。
> 1916。
> 人们走向战争。

阿赫玛托娃写道：

> 她低垂的眼睛，干枯
> 而拧在一起的双手，俄罗斯
> 在我之前走向东方。

## 11

阿赫玛托娃与茨维塔耶娃共享一个方程式——"诗人与国家对立",这在俄罗斯有着悠久的传统:

> 瓦西里·特里蒂阿科夫斯基,早期俄罗斯诗人,第一本诗学著作的作者,宫廷诗人,"朝廷要求在某个节日之际有颂歌——但颂歌未及时准备好,愤怒的朝廷用电棒惩罚疏忽职守的诗人"。

从某种意义上,大革命对于当时的诗人来说,意味着莫斯科公国的黑暗与自由的返照。

1917年,茨维塔耶娃住在莫斯科:这个城市"如此严重的小心谨慎,人们骑着装有很少食物的雪橇,如此欢快的粗心大意,雪橇带有棺材"。

那年,她有一次与人民教育委员卢那察尔斯基一起朗诵。领导坐头排,她读了什么呢?她背诵一个等待革命者处决的人所说的话:

> 我从来没有这样带着责任感而呼吸。一个
> 贵族对着委员的脸独白
> ——我称之为生活!

那些年里,她同年迈生病的诗人巴尔蒙分享了她微薄的粮食供应,她约见卢那察尔斯基,乞求他帮助克里米亚的饥饿作家。

她是如何在那些年生活的呢?

> 为了生活,我写作:分享——以
> 上帝要求我的方式——朋友们不要求。

那么,在俄国革命中举行朗诵是怎样的?对于她在那个年代的声音我们可以想象些什么?

在战时,茨维塔耶娃有一个习惯,她喜欢带着她妹妹参加公开朗诵会,与她齐声朗诵她的诗。

她们的声音听起来一致。

\*

一个同时代的伟大诗人,茨维塔耶娃见过:1916年,她遇到了年轻的奥西普·曼德尔施塔姆。他们在内战期间有过短暂恋情,曼德尔施塔姆频繁地从彼得堡乘火车去看她,以至于一个朋友开玩笑说:"我好奇他是否在铁路上工作。"

娜杰日达·曼德尔施塔姆,后来成为他的妻子,在回忆录中写道:"与茨维塔耶娃的友谊,在我看来,对曼德尔施塔姆的写作起到巨大作用。这是一个桥梁,他从写作的一个阶段过渡到另一个阶段。他写给茨维塔耶娃的诗构成第二本诗集,《特里斯提亚》。曼德尔施塔姆的第一本诗集,《石》,是彼得堡诗人内敛而优雅的作品。茨维塔耶娃的友谊给予他一个她的莫斯科,解除了彼得堡的精致魔咒。这是一个神奇的礼物,因为如果只有彼得堡而没有莫斯科的话,就没有完整呼吸的自由,没有俄罗斯的真正感觉,没有良知。我相信,如果他没有在途中遇到如此明亮而野性的玛丽娜,我相信我自己与曼德尔施塔姆的关系就会有所不同。她开启了他对生活的爱,自发的、无羁的对生活之爱,这一点在我见到他的第一分钟,就感到震惊。"

她又写道:"茨维塔耶娃有着无与伦比的慷慨无私的灵魂。灵魂由她的任性和激情所牵引,这一点也是无与伦比的。"

## 12

一个事实:大革命给茨维塔耶娃带来了贫困,以及她丈夫长达五年的缺席,他参加了白军,在克里米亚或别处反抗革命。

一个事实:大革命之后,茨维塔耶娃几乎挨饿。她将两个女儿放在孤儿院,据说她们在那里可以吃得好一点,结果其中年幼的一个,艾琳娜,因饥饿而死去。

"我孩子饿死在俄国,当我得知这消息时——从街上一个陌生人那里得知——('小艾琳娜你的女儿——是的——她死了。昨天死的。明天我们会埋葬她。')——我沉默了三个月——没提死这个字——没向任何人提起——所以她(孩子)最终并没有死,依然(在我这里)——活着。这就是为什么你的里尔克没有提及我名字的缘故。提名字——就是拆散,将自己从事物中分离。我不提任何人的名字——从来不。"

这也是从她的诗学中学到的一课:这个对俄罗斯语言着迷,对同代俄罗斯诗人着迷的诗人,这个在她自己的哀歌时刻,为所有别的人——包括活着的人——写哀歌的诗人,决意不说话。

*

"我可以吃——以一双脏手,可以睡——以一双脏手,但以脏手来写作,我不可以。(在苏联,缺水的时候,我舔干净我的手。)"

面对这些事实她做了些什么呢?她在书桌前坐下,用她的手写下 1 000 多首诗。

*

1921 年 8 月 2 日,尼古拉·古米廖夫,阿赫玛托娃的丈夫、杰出诗人被捕,随后遭到枪决。8 月 7 日,四十一岁的亚历山大·勃洛克在精神错乱的边缘死于绝望。8 月末,谣传阿赫玛托娃自尽。(马雅可夫斯基动员了一帮朋友发现了事实而辟谣。出于感激,茨维塔耶娃写了一首诗献给他,称他为"脚链沉重的天使"。)1922 年年初,伟大的未来主义诗人维克多·赫列勃尼科夫丧生。

1922 年,两百名哲学家、科学家、作家上船。后来这艘船叫作"哲学家号"。所有人被流放。

茨维塔耶娃在这一年的春天离开俄罗斯,1922 年 5 月 15 日,她在柏林走下火车。

## 13

茨维塔耶娃的诗能被翻译吗?

不能。

我们,作为英语诗人,因她充满诗意的世界观与她的所谓形而上学而交汇,我们的写作是否从中受益?

有。

在这一点上，我们必须考虑她的形而上。

首先，旁白：在她最艰难的移民岁月里，许多人转身而去，列夫·舍斯托夫是与茨维塔耶娃保持联系的少数人之一。

舍斯托夫，同茨维塔耶娃一样，从"俄罗斯'文化滞后'的优势中获得巨大益处：过去几百年没有哲学"。

由于这种"文化滞后"，舍斯托夫"毫无顾忌他对于柏拉图和斯宾诺莎的谈论是否合乎游戏规则"：

> 那个称自己为"我"的动物到底想为自己要什么？它想活着。相当大的要求！
>
> "我"认识到它面临的世界遵循其自身的规律，一个名叫必要性的世界。这一点，据舍斯托夫所说，是哲学的基础……"我"必须接受不可避免的世界秩序。用简单语言来说，就是"咬牙忍受"，用更复杂的语言来说，就是"命运引导愿意者，拖动不愿意者"。

这是禁欲主义观点，是大部分西方文化的核心理念。舍斯托夫拒绝这一点，他——

> 拒绝玩这个游戏。为什么"我"必须接受明

显违反了其最强烈愿望的"智慧"？斯宾诺莎对哲学家的劝告不是很恐怖么："不要笑，不要哭，不要恨，但要理解。"

与此相反，舍斯托夫说，人应该呼喊，尖叫，大笑，嘲弄，抗议。

虽然不是针对她，这些话精确地描述了茨维塔耶娃自己的形而上学。茨维塔耶娃也是"只爱那些一边呻吟一边寻求的人，如帕斯卡"。

## 14

到达国外之后，茨维塔耶娃写道：我的祖国是任何一个有一张书桌、一扇窗户，窗户旁边有一棵树的地方。

她写到流亡：对抒情诗人和童话写作者来说，最好从远处看着祖国——隔很大的距离。

与果戈理比较："我的本性是只有当我离开了之后才有能力去具象地想象一个世界。这就是为什么我只有到了罗马才能写俄国。只有在那里，它才以其全部的伟大站在我面前。"

茨维塔耶娃又说："俄罗斯（这个字的声音）不再存在，只存在四个字母：USSR（苏联缩写）——我不能，并且也不愿意去那个没有元音的地方，进入那些嘶嘶作响的辅音。而且，他们也不让我去那里，那些字母不对我敞开。"

所以茨维塔耶娃在法国住了 17 年。法国不允许外国人有固定的工作，难以取得身份证。但巴黎集中了大量的期刊、出版社、流亡知识分子：

"我得到许多邀请，但我不能出场，因为没有真丝连衣裙，没有袜子，没有带有图形的皮鞋，这是当地的着装模式。所以我待在家里，四面八方都指责我太骄傲。"

但是，希特勒在德国上台后，苏联在许多流亡者眼里开始看起来明亮了一些。经历了很多家庭悲剧之后（我们无须在这里探寻），茨维塔耶娃，不带任何特别的怀旧感觉，于 1939 年 6 月 18 日返回莫斯科。那年她四十五岁。

## 15

她回到苏联之后不到几星期，她丈夫就被捕。她丈夫被拘留之后，她和她的儿子开始流浪于整个莫斯科，从一个朋友的公寓到另一个朋友的公寓。茨维塔耶娃站在监狱围墙外排队。只要包裹被接受，所爱的人就被推定还活着。

什么是茨维塔耶娃神话？一个诗人,她的生命
(以及语言,尽管你从译文中无法看到)都如此极端,
如此陌生,与所有人不同,却又具有她那个时代她的
代表性。

一个女人逃命,奔跑,呼喊,停顿,站立于沉默
中——沉默,正是灵魂的喧嚣:

    我们站立——只要我们嘴里还能吐出一声
"呸"!

甚至连她的自杀也成为她那个年代里公民自杀
的隐喻,那个年代让百万居民去送死。

1941 年 8 月 31 日。诗人在夏天的最后一天
自尽。

那么最终,抒情诗人对待那个特殊年代的态度是
怎样的呢?

茨维塔耶娃写道:"你无法收买我。这是全部要
点。收买是把一个人自己买通。你无法从我这里买
通你自己。只有当你拥有整个天空时,你才能收买
我。整个天空,也许,没有我待的地方。"

这不是传记、性格,或个人生活的问题。这是技
艺问题,语调问题。

但译者在解决翻译语调的困难时有什么目标呢？困难究竟在哪里？这里是茨维塔耶娃最后的笔记本中的一页，也许可以提供一种暗示：

　　　　今天（9月26日，旧历）神学家约翰的节日，我四十八岁了。我祝贺自己。敲一下木头——为过得好庆贺，也许是为了四十八年来灵魂未间断地存在。

　　　　我的困难（写诗中的困难——也许对其他人是理解这些诗的困难）在于我的目标的不可能性，比如，用词语来表达呻吟：嗯—嗯—嗯。用文字、意义，来表达一种声音。以使唯一留在耳朵里的是嗯—嗯—嗯。

# 那唤醒我们的陌生

如果有一个策兰尼亚之国(Celania)的话——如朱莉亚·克里斯蒂娃所提议的那样——它的传统至少与伊斯兰教有一个共同点:第一个显示给先知的词是 Igra(读!)。或许在策兰尼亚,如同在奥托曼帝国,书法家们乐于创造有装饰物的迷宫——文本像珠宝一样珍藏其中,值得读者去破译。

策兰尼亚的某些文字是现代诗篇,比如这首:

**苏黎世,斯托克旅店**
——给奈莉·萨克斯

我们谈的太多,谈的
太少。谈到你
及另一个你,谈到
清晰如何使人困扰,谈到
犹太,谈到
你的上帝。

谈到

那个事件。
在升天日那一天，
教堂屹立在高处，散发出
一些金色在水面上。

我们谈到你的上帝，我
反对他，我
让我曾有过的心
期盼：
为了
他至高的，垂死挣扎的
争执不休之词——

你的目光转过来，又移开，
你的嘴
对着眼睛自语，我听见了：

我们
不知道，(你明白的)
我们不知道，(不是吗?)
什么
才是重要的。

(米歇尔·汉伯格  英译)

"极度的清晰是一个谜，"穆罕默德·达维什说，"清晰使人困扰。"策兰经常被认为是晦涩的诗人，但这首诗具有最高的清晰。

*

策兰的作品，如某些人声称，过于隐晦吗？过于隐秘？过于难懂？策兰说，真正的诗，"朝向某种东西……也许是朝向某个可以与之对话的'你'"。我需要论证的是，任何一个诗人朝向这样一种对象写作时，常规词语和句法很快就不够用了（霍普金斯，或者任何人？），以策兰为例，很明显，德语不够用来表达后大屠杀时代犹太诗人的情感和思想。他的抒情是私人性的（祷文是私人性的，无论与多少教徒一起祷告，无论在多少祷书中出现），而不是隐秘主义的。事实上，策兰向米歇尔·汉伯格坚称他绝对不是隐士。

*

策兰的母亲说德语。这个居住于他诗中的说德语的母亲被德国人杀害了。策兰用德语对自己说："这个词是你母亲的守护……你母亲的守护俯下身拾取光的碎末。"

埃利·威塞尔用法语写作,以抵抗德语。甚至连被迫流亡后继续以俄语写诗的约瑟夫·布罗茨基,也开始以英语写作有关他父母亲的散文,他解释道:

> 我想用英语的动态词来描述他们的动荡。这不会使他们复活,但英语语法至少证明是比俄语更好的一条逃离国家火葬场烟囱的路线。用俄语来写他们只会加重他们的禁锢,使他们降低到毫无意义,以导致机械性的毁灭。

然而策兰选择从德语内部来抵抗德语,以"垂死挣扎"的"争执不休之词"。尽管他会说多种其他语言(罗马尼亚语、俄语、法语),尽管他之前以罗马尼亚语写作,但他还是决定留在德语内部,他曾破坏又重建了德语。这个语言对他来说,必须"经历它自己可怕的哑默,经历一千种招致死亡的语言黑暗"。

为什么要破坏语言?为的是唤醒它。"我们沉睡于语言中,"罗伯特·凯利说,"直到语言以它的陌生唤醒我们。"

*

　　策兰自称来自一个"历史丢弃"的地方。大多数
20世纪诗歌的读者对他的生平细节都耳熟能详。但
从约翰·费尔斯蒂纳翻译的《策兰诗选》中引用几条
还是可能会有帮助:1920年出生于布科维纳切诺维
兹的一个德语犹太家庭;苏联军队1940年占领切诺
维兹,策兰学会了俄语;德国军队1941年进入布科维
纳;1942年6月他父母被捕,父亲死于伤寒,母亲被
枪毙;同年7月策兰本人被捕,在强制劳改营度过了
两年。战争结束后他逃到维也纳,然后又去了巴黎,
在巴黎定居,结婚,教书,翻译,自尽。

*

　　狄奥多·阿多诺说:"大屠杀之后写诗是野蛮的。"
　　当其他人质问时,阿多诺重复道:"奥斯威辛之后
写诗是野蛮的,我不想低调说出这一观点。"
　　阿多诺阅读了保罗·策兰破裂而重组的德语之
后,重新考虑道:"说奥斯威辛之后不能再写诗也许是
错误的。"

*

为什么策兰的语言如此破碎而又看起来如此新鲜呢?

齐别根纽·赫伯特对这个问题做出了最好的回答。采访者:"诗的目的是什么?"赫伯特:"唤醒!"

但语言的残骸如何唤醒我们呢? 这里有一段希伯来文的逐字翻译,需要从右向左读:

בְּרֵאשִׁית בָּרָא אֱלֹהִים אֵת הַשָּׁמַיִם וְאֵת הָאָרֶץ:

[ and the earth ] [ the earth ] [ and ] [ the heavens ] [ God ] [ created ] [ in the beginning ]

[ 而大地 ] [ 大地 ] [ 和 ] [ 天堂 ] [ 上帝 ] [ 创造了 ] [ 起初 ]

וְהָאָרֶץ הָיְתָה תֹהוּ וָבֹהוּ וְחֹשֶׁךְ עַל-פְּנֵי תְהוֹם וְרוּחַ אֱלֹהִים מְרַחֶפֶת עַל-פְּנֵי הַמָּיִם:

[ God ] [ and the spirit of ] [ deep ] [ upon the face of ] [ and darkness ] [ and void ] [ waste ] [ was ]

[ 上帝 ] [ ……的精神 ] [ 深 ] [ 的表面 ] [ 黑暗 ] [ 虚空 ] [ 荒芜 ] [ 是 ]

וַיֹּאמֶר אֱלֹהִים יְהִי אוֹר וַיְהִי-אוֹר:

[and there was] [light] [let there be] [God]
[and said] [the waters] [upon the face of] [moved]

　[而有][光][要有][上帝][说][水][在表面][移动]

אֶת־הָאוֹר כִּי־טוֹב וַיַּבְדֵּל אֱלֹהִים בֵּין הָאוֹר וּבֵין הַחֹשֶׁךְ׃
וַיַּרְא אֱלֹהִים

[between] [God] [and divided] [that good]
[the light] [God] [and saw light]

　[之间][上帝][分开的][好][光][上帝][看到光]

　《创世纪》开头这几句话众所周知，我建议从后往前看。这些著名的句子被打碎后，一种奇妙的抒情性苏醒了过来：

> 而大地，大地和天堂上帝创造起初
> 上帝和深的精神在表面与黑暗和虚空荒芜是
> 有了光，让上帝出现，说水……

　把熟悉的文本倒过来读时，更有诗意。（我们沉睡于语言中，直到语言以它的陌生唤醒我们。）

　德里达告诉我们，策兰也是不断对付一个濒临死亡的语言。诗人有责任唤醒语言。

*

虽然策兰的语言因其陌生感而唤醒我们,但它不是为了陌生而陌生。紧迫感是明显的,策兰经常把他的疏离转换成诗篇:

> 我驶过雪,你听见我吗,
> 我驾驶上帝　远了——我驾驶上帝
> 近了,他歌唱,
> 这是我们
> 最后一次驾驶穿越
> 人类的圈栏。

他与他的上帝争辩,那个"可以对话的你",他的争吵与他的语言经常不谋而合。

*

诗人破坏语言是为了祈祷。祈祷是私人性的,我们面对的问题实际上是抒情诗人的隐私问题:

> 你轻盈:睡过我的春天直到结束。

138

我更轻：

在陌生人面前我吟唱。


策兰从德国给妻子写信时，自我评价道："我不确定我写的德语是否是这里或任何其他地方的人所说的那种。"


是的，策兰的陌生感根植于他朝向内部的，几乎是密码一般的与德语的关系。安妮·卡森评论道，策兰是母语中的陌生者，"使用起语言来仿佛始终在翻译"。

*


但一种任何地方都不说的语言如何被翻译出来呢？如何把疏离，策兰的"他性"，译成英语呢？下面是约翰·费尔斯蒂纳对策兰最著名的诗《死亡赋格》的试验：


黑牛奶　拂晓的　我们傍晚喝
中午喝　早上喝　夜里喝
我们喝　我们喝
我们挖一个墓穴　在空中　不拥挤
一个男人在房子里耍蛇　写信
他写　黄昏降落到德意志　你的金发玛格

丽特

他写　然后走出门　星星在闪烁　他吹哨
　　　唤回猎犬
他吹哨　唤出犹太佬　排成队　在地上挖
　　　墓穴
他命令我们为这舞蹈奏乐


黑牛奶　拂晓的　我们夜晚把你喝掉
我们早上喝　中午喝　晚上喝
我们喝啊喝
一个男人在房子里耍蛇　写信
他写　黄昏降落到德意志　你的金发玛格
　　　丽特
你的灰发苏拉米特我们挖一个墓穴在空中
　　　睡在那里不拥挤


他叫喊挖深一点挖到土里你们这帮人你们
　　　这帮外人唱吧奏乐吧
他抽出皮带　挥舞着　他的眼睛是蓝色的
挖深一点用铁锹挖你们这帮人你们这帮外
　　　人为跳舞奏乐吧


黑牛奶　拂晓的　我们喝着　夜晚降临
我们早晨喝你　中午喝你　晚上喝你

我们喝你喝你

一个男人在房子里　你的金发玛格丽特

你的灰发苏拉米特　他耍蛇

他叫喊把死亡奏得更甜　死亡是大师　来
　　自德意志

他叫喊把琴弦刮得更阴沉你们就会上升像
　　烟雾一样升到天空

然后在云中挖一个墓　睡在那里不会太
　　拥挤


黑牛奶　拂晓的　我们夜晚喝

中午喝　死亡是 Meister　来自德意志

我们喝你　黄昏　我们喝你　拂晓　我们
　　喝我们喝

死亡是大师　来自 Deutschland　他眼睛是
　　蓝色的

他打你　用铅弹　他打你　准确无误

一个男人在房子里　你的金发 Margarete

他放出猎狗　咬我们　施给我们坟墓　在
　　空中

他耍蛇　做白日梦　Tod 是大师　来自
　　Deutschland


你的金发 Margarete

## 你的灰发苏拉米特

在我的私人图书馆里，这是 20 世纪的伟大翻译之一。但"翻译"这个词在我看来具有误导性。翻译（或因此来看任何伟大翻译）不是镜子。有些人欣赏约翰·费尔斯蒂纳在英语中穿插德语词令人难忘的效果，但这种引人注目而强有力的语言并置并没有出现在策兰诗中。

翻译无论多么忠实都是虚设。那么，费尔斯蒂纳使用德语单词为什么是一个好的决定？费尔斯蒂纳的版本之所以更加引人注目，是由于陌生外语词汇的悲痛词义唤醒了我们——它给英语读者带来了一种他者的经验，一种疏离于语言的声音。要意识到这一点就要清楚地看到，成功的翻译，甚至是非常"忠实的"翻译，不是要去模仿原文。而是要把诗人的创作过程翻译出来，依菀·波兰德写道。

\*

尤里斯·皮埃尔明智地提示："策兰的语言即便是对母语者而言也是一种外语。"乔治·斯坦纳同意道："策兰以外语方式写德语。"那么显然，把策兰翻译为英语就应该有一种外语腔调的感觉，不同于我们自己的语言。我要论证的是，最穿越的抒情诗人都不以他们时代的"正确"语言说话。艾米莉·狄金森就没有用"正确"的英语语法写作，而是用碎片印象组成的斜体音乐来写作。克里斯托弗·斯马特无穷无尽的清单，惠特曼在《草叶集》中的月份排序，都几乎不是他们同时代人所熟悉的那种语言。塞萨尔·巴列霍在句子中间放三个点，似乎语言本身不够用，似乎诗人的声音需要从一个意象跳跃到另一个意象，用艾略特的话来说就是，对不可表达之物的袭击。

为什么如此密集？过多了吗？

抒情不会过多，玛丽娜·茨维塔耶娃写道，因为抒情本身就过多。

什么促成了这种陌生感，这种抒情声音的"过多"？为什么会有这种急迫感？"疯狂的爱尔兰使他受伤而进入诗歌"，这是 W. H. 奥登关于 W. B. 叶芝的名句，德国无疑也使策兰受伤而写出最强有力的抒情诗。"我重塑的是我自己"，关于重写的过程有什么价值，叶芝这样写道。同叶芝一样，策兰在使用杀害过他父母的凶手之"争执不休"的语言时，他"重塑"的是"他自己"，而正是在重塑过程中，策兰的诗歌语言，即我们所知道的德语，被改变了。

正如埃德蒙·雅贝斯所提示的："有某种悖论突然出现，与世界疏离，使你完全投入于一种语言，那个国家排斥你，但你宣告那个语言属于你个人。"

*

　　我们在费尔斯蒂纳所译的《死亡赋格》中看到的就是把语言当作一种外来物来处理，陌生而又新异。我们被唤醒。又被一种魔咒紧紧箍住。人们在策兰的许多诗中都会注意到这种咒语魅力。抽象，超现实，有一点恣意妄为，这种咒语的质地，使得划时代的事件发出声音（"他们身体内有土壤，他们挖掘"），同时也使炼金术一般的、内在的事件发声（"我更轻，在陌生人面前吟唱"）。参看以下：

　　　　你

　　　　你教

　　　　你教你的手

　　　　你教你的手　　你教

　　　　你教你的手

　　　　　　　　怎样入睡。


　　如果此刻你想到《麦克白》中的女巫或者莎士比亚的愚人谜语（其中任何一段话），你并不是唯一的。锡德·科尔曼（策兰的第一个英译者）说过："诗歌的语言——不过是生死之语……一个傻子讲的故事。"傻子故事，没有任何意义，但我们知道，却有很多意义,是西方文学的核心。我们不应该以晦涩或无意义为由而弃之,而是可以通过无意义来抵达目标。为什么需要这样的目标?——茨维塔耶娃在另一处问过这个问题——为什么需要唤醒语言?去找到"那个可以与之对话的你"。

咒语只是一种手段。还有其他的。譬如,许多批评家对策兰的意象如何超现实做过评述。他因为与超现实主义者的友谊而受过影响,但他的艺术比那场运动的超现实主义标签要古老得多。第一个超现实主义者是奥维德,不是布勒东。第一个美国超现实主义者是艾米莉·狄金森:"我感到一场葬礼在我脑子里。"

可以称《死亡赋格》为民谣,世俗的犹太教《卡迪什》,赋格,到底是什么呢?重要的不是文学手段,而是一个诗人如何应对它们。

\*

英美诗人如何应对我们自己的传统呢?英语诗人和文本中是否有这样处理语言的例子呢?我在本文开头提到霍普金斯。叶芝有一句名言,说他修改只是为了追求更"激情的句法"。约翰·贝里曼说:"名词和动词都不足以表达我的感觉。"我觉得莎士比亚的李尔王所说的"绝不,绝不,绝不,绝不,绝不"和惠特曼说的"死亡,死亡,死亡,死亡,死亡"已失去词义,只是一些声音,可以不受诱导地任意赋予它们意义。别忘了格特鲁德·斯泰因,她因没人"可以把两个词放在一起而不赋予意义"而感到沮丧。

我想我们可以把这种态度和这种摧毁语言的方式称为"异物",然而甚至在德语诗学中,这种"外来"也并非太阳底下的新鲜东西(有兴趣的读者可以参见荷尔德林作品中对希腊语的使用)。但这里的关键与其说是发现相似之处或者哪个作家写什么早于哪个作家——这是文学,而不是酒吧里殴斗——不如说是考量到底是什么促使这些诗人将激情展示于句法中,摧毁语言,唤醒语言。

\*

回到抒情诗人的私人性以及这一点如何表现在他或她的语言张力中:策兰对待德语的态度似乎来自创伤——他亲历过大屠杀及其后遗症。"没有人为了见证而见证。"策兰说。而他作品的"张力处于语言、存在和极端孤独的碎片之中"(朱莉亚·克里斯蒂娃语)。

请注意词语的选择:孤独,而不是寂寞。因为,在我看来,最终诗人语言中的这种"张力"到底是来自创伤之地还是其他别的地方无关紧要。(卡图卢斯？马雅可夫斯基？尼德克？)

无论根源是什么，我面对的问题始终是——抒情诗人的私人性：

> 你轻盈：将睡过我的春天直到结束。
> 我更轻：
> 在陌生人面前我吟唱。

抒情诗人是这样一种人，他说"我不确定我使用的语言在这里或在任何地方是否被人说过"。他独自带着无法识别的语言：在"陌生人前"吟唱。但如何做到如此，而又保持不疯掉呢？

玛丽安·摩尔提供了一个恰当的忠告："对付寂寞的最好治疗方式是孤独。"

*

埃德蒙·雅贝斯道："正如所有作家都知道的那样，沉默使人听到词语。在某个特定时刻，沉默如此强烈以至于除了沉默之外词语什么也不表达。那么这种能够颠覆语言的沉默是否拥有自己的语言呢？听不见的秘密之语？那些被削减为沉默的人，一旦沉默，就沉默到极致，而且知道他们能够听到沉默。"

在保罗·策兰的孤独诗句中，人们听到了这种听不见的语言。一个伟大的诗人不是在体育场对成千上万观众说话的人。一个伟大的诗人是非常隐秘的，并在隐秘中创造出一种语言，用来与千万人对话，同时隐秘地独自述说。

# 附录 II

评论与访谈

# "当我失去听力，我便看见声音"
## ——伊利亚·卡明斯基诗歌翻译笔记

　　伊利亚·卡明斯基的诗不需要翻译，阅读的时候，汉语一下子冲出来，在英文的字里行间跳动。但当我从南欧旅行归来后记录下这些汉语碎片时，突然发现它们在一个月的时间里流失了原有的色泽和节奏。我试图找回最初的感觉，无奈所剩不多。我怀疑那些乐感都流失在火车轮子的滚动和飞机翅膀的滑翔中了，抑或是一开始那种感觉就伴着旅行节奏而来，如今坐在平稳的桌前已无法再体验。只有重读。重读时有一种东西扑面而来，只是我已无法转换到我的母语中与同胞分享，虽然我自己仍然能够强烈地感受到。

　　面对伊利亚，你会不相信他有三十三岁，一张娃娃脸，天真的眼睛。我忍不住问道：

　　"你是做什么的？"

　　他以非常东方的方式回答："瞎混。"

　　"在哪里混？"

　　"圣地亚哥。"

"那你认识陈美玲？"

"我和她一起教书。"

"哦,你教写作啊!"

这是在马其顿国际诗歌节的电脑室里。突然他在我刚打印出来的《瓷月亮》背面写了一句话:"你先用中文写还是先用英文写的?"他低头写字时我看见他耳中的助听器,一阵心痛。我不知道他耳聋! 这大概是他过去常用的方式——书面交谈。我不想谈自己,我对他有很多问题,比如敖德萨是什么样子? 他的童年是怎样的? 为什么要写诗? 对"难民"身份有什么感受? 怎样理解"流亡"? 对生活本身有什么感受? 但这些问题需要问吗,读他的诗就够了,我们了解一个诗人不就是通过阅读吗,比这更多的问题都能在诗中找到答案。

然而我找到的不是答案(我不需要答案),而是一种欣喜,愉悦,感动。

一个多月前,我突然得了"厌食症",读什么都不感兴趣,我厌倦了悲痛的诗,极想看到新鲜的东西。一个偶然的机会遇到了德国诗人扬·瓦格纳、美籍诗人卡明斯基等人,他们的诗正是我渴望读到的那一类。我不由自主地翻译,在汽车上,火车上,飞机上。这已成了一种习惯,见到喜欢的诗就想"分享"。他们不是国际大牌老诗人,他们的诗从未被译成汉语,但他们在我饥渴的时候带来雨露,这就足够了。

伊利亚·卡明斯基带给我的不仅仅是雨露，还有泪水。但不是悲痛的泪水。我说过我已厌倦了悲哀的诗。我盼望读到的正是这样悲而不哀、浓而不重的轻盈线条，如雨后的燕子在树间穿行。

斯特鲁加大桥上，我们坐成一长排，面对河水、小船、风、热情的读者。这是马其顿诗歌节标志性的朗诵地点，我和瓦格纳若无其事地聊天，无视这种时刻的严肃性。而当卡明斯基朗诵时，我突然震惊，那是一种嘶喊，第一声就喊出我的眼泪。一个无法正常听到声音的人，不知道自己的声音有多大，只有喊叫，否则别人会同他自己一样听不见。我被他的喊叫震撼得再也说不出一句话来。

伊利亚四岁时因医生误诊而失聪。在他的诗中，"医生"同"审判者"一起出现，但没有怨恨的字眼，他甚至可以爱上医生的孙女，他接受命运如同我们每天接受阳光。在美国首都华盛顿的犹太博物馆，他第一次看见关于他母亲在集中营的照片和记录，有些震惊，但他并没有沉溺于"仇恨"。我知道在后屠杀年代很多犹太青年都不谈大屠杀，但我不明白为什么他连自己母亲的身世都不知道，于是忍不住又问，他说他父母对一个四岁的孩子能说什么呢？我突然想起他四岁后就再也听不见了。他在来美国之前从未戴过助听器，但他的童年是快乐的，他读童话故事，读巴别尔的小说，读布罗茨基的诗，他父亲认识很多诗人，包括布罗茨基,虽然他自己从未见过布罗茨基。来美国时他一句英文也不会说,罗切斯特公立学校的英语作为第二语言的补习班人数已满,于是他上正常班,学的第一首诗是史蒂文森的《十三种看黑鸟的方式》,他抱着字典一个字一个字地查。他继续用俄语写诗。第二年他父亲突然去世,他无法用母语表达内心的感受,因为写诗对于他一直是一件隐私,他不想让家人和周围的人知道他写些什么,于是用英语写诗,一写就停不下来,从乔治城大学毕业后成为美国新罕普西尔州著名的菲利普斯埃克塞特学院有史以来最年轻的驻馆作家。

他刚出道时很多人称他为神童,小布罗茨基,他说俄罗斯人对年龄有不同标准,他的中学同学十六岁就可以结婚生孩子,某某诗人死于二十二岁,某某诗人死于二十六岁。《费城问询者报》称他的英语诗歌使英语为母语的美国人感到羞愧。他仍然用俄语写诗,但他不写"双语诗",而是分开写。他也翻译,翻译经典俄语名诗或者同代俄语诗人的作品。

我也有个秘密:失忆症。那天晚上在电脑室,我和瓦格纳等人一起读卡明斯基送的诗集,翻开第一页我就发现眼熟。"我读过他的诗。"我非常肯定地说。但后来我搜遍记忆也想不起是什么时候读过的。我认识的人都认识他,但谁也不提醒我以前什么时候读过他的诗,后来我确定以前没有读过,但一拿起书就有"似曾相识"的感觉,真是太奇怪了。在欧洲闲荡一个月的时候,从奥斯威辛到贝多芬故居,我没有联想到他。回到加州突然想起,于是一天之内一口气翻译了十二首。"没有版权麻烦吧?"我问他。"没有,想译多少都可以!"我真的想一口气把这本诗集全部翻译出来。最先选出的十二首诗是最简单的,其他更精彩的还没动:《给曼德尔施塔姆的哀歌》《纳塔利娅》。他的下一部诗集是《聋子共和国》,童话诗,嘿,"有一个国家,在那里每一个人都是聋子"。

我写诗是为了抵抗失忆症,有时候写过几天后就不记得了。总有一天我会站在我爱的人面前而想不起他的名字。卡明斯基为什么写诗呢?"因为停不下来。"他想不起来是为什么或者怎样开始写诗的,只知道现在停不下来。用英语写作是个偶然,"是一种无理性的美丽的自由"。

我被他的诗所吸引还有一个原因。我在写一些回忆故乡和童年的诗,但我发现很多细节都想不起来了,只记得我母亲大串联从新疆带回的葡萄干,红卫兵占领了大礼堂,窗口伸出的枪支,教学楼全部变为城堡,父母去干校,然后全家下放,回城,少年文化宫的演出,小提琴,芭蕾舞鞋,英语词典,母亲从江汉路外文书店买回的《乔姆斯基转换生成语法》。

敖德萨是一个海港城市,有鸽子和乌鸦,有剧院和音乐厅，每一个人都喜欢跳舞，有西红柿和烤鱼。

伊利亚·卡明斯基的父亲维克特有一段童年传奇。他父亲（伊利亚的爷爷）被斯大林镇压枪毙了，他母亲（伊利亚的奶奶）被判刑二十年，遣送到西伯利亚劳改营（古拉格）挤牛奶，维克特被送到孤儿院，维克特的奶奶从一列一列火车顶上跳过，穿过大半个俄国，把一岁的维克特从孤儿院里"偷"了出来。维克特后来成为成功的商人，很富有，乌克兰经济萧条后却破产，又遇到"排犹"，于是把全家弄到美国。

对于诗人卡明斯基来说，流亡意味着什么呢？他说他完全同意我列举的布罗茨基等人对"流亡作家"的嘲笑，他说他最看不起"自我怜悯"。他说流亡其实是一件很美好的事情，可以使自己回头看过去，以一个新的距离来审视自己。他说他是"苏联犹太人"，但既不认同苏联，也不信犹太教，"犹太"对他来说是一种文化，包括巴别尔、卡夫卡、辛格等在内的文化，他的文学传统包罗万象，有普希金，也有贺拉斯、维吉尔、莎士比亚，有雪莱、拜伦，也有狄金森、惠特曼，当然有荷马、但丁，俄罗斯白银诗人更不用提了，甚至连东方诗人也包括在内，曼德尔施塔姆的阿克梅派实际上就是一种对"世界文化"的追求。他很反感被标为"俄国诗人"或"移民诗人"，甚至连"美国诗人"都不喜欢，他说他首先是一个"人"。我说在汉语里这不是问题，我们可以说某某是俄语诗人、德语诗人、汉语诗人，只提语言，不提国籍。他说语言不过是一种工具、载体，他写诗不是用语言，而是借用语言。我想起大约两个月前我对诗人冷霜说过同样的话，冷霜立刻纠正我，"语言不是工具"，我想这个话题太大，一时半会儿争论不完。卡明斯基曾经在一个访谈里说，诗歌超越一切语言。但如何超越，是我正在琢磨的问题。

第一首《作者的祷告》是卡明斯基的诗歌宣言。"我必须赞美/最黑暗的日子。"他赞美失去听力，赞美失去祖国，赞美睡眠，赞美活着，"谁知道自己明天能否醒来?"他不知道失去听力到底意味着什么，因为他不知道有听力意味着什么，但他知道活着是多么快乐。他不同于贝多芬，他四岁就失去了听力，他用一种他没有听过的语言写作，写得恣意妄为，肆无忌惮。他说美国人都怎么了，为什么只写愤怒的诗、悲哀的诗，生活这么美好，他要"见证"活着的快乐，要随着内心的音乐而舞蹈，而且要瞎跳，要调皮捣蛋。

为什么他喜欢重复标题，因为他跳的是双人舞，与另一个自己。他将诗与散文穿插在一起，让诗与散文对话。他不用"散文诗"这个词，散文就是散文，他偏要写散文，他把街头用语，甚至菜谱都写进诗集里，气死"正统"诗人。但他是少有的年纪轻轻就享受最大荣誉的诗人。而你如果见到他又会觉得他极其普通，一个大孩子而已，充满阳光的笑容。

这个大孩子有着比常人更孤独的童年，但孤独在他记忆里也成了一种美好。"一个耳聋的男孩数着邻居后院里有多少只鸟，然后造出一个四位数号码。他拨打这个号码，在线路上对着声音表白他的爱。"声音，多么神奇的东西，鸣响四年之后戛然而止，世界从此只有黑白之分，"乌鸦和鸽子"。但不久之后，乌鸦和鸽子飞出一些彩色线条。上个月我在贝多芬故居的多媒体音乐室，看见交响乐作品通过影像呈现出来，一阵惊喜。回想那些跳动的光线，我突然明白卡明斯基在失去听力之后是如何"看见"声音的。千万不要以为一个聋子的诗不会有乐感，恰恰相反，他的诗每一句都如同直接从琴上流出，而翻译中流失最多的却又正是诗的音乐性。

2010 年 9 月于洛杉矶

# "我没住在俄罗斯，而是住在童年"
## ——伊利亚·卡明斯基访谈

 

 

**明迪**：昨天与尼古拉一起离开圣莫尼卡海滩时，你说"我喜欢美国，但我不喜欢它对其他国家的所为"。当时我开车，没接茬，但你说的我有同感。我对美国和中国都有很复杂的感情。"国家""家""故乡""母语"……你对这些有什么感触？对你的写作有什么影响？

**卡明斯基**：美国是现代罗马帝国，这是众所周知的。罗马人过着相对舒适的生活，可以享受文化，有足够的食物，但这些都是基于对其他国家、领域和种族的征服。罗马帝国产生了许多对现代文明具有宝贵价值的东西，但建立在其他国家要付出什么代价的基础上呢？这是所有今天生活在美国的人都应该问的问题，尤其是作家。

为什么是作家？答案在保罗·策兰和贝托尔特·布莱希特的作品里，没读过的人请别耽误时间看这个访谈，赶快去图书馆找字母 C 和 B 开头的书架。就像米沃什说过的，作家是隐形书记员，真理的书记员、美的书记员,无论你怎样去定义这些含混的概念都可以。

什么是美?难道斯大林不写诗吗?希特勒不是画家吗?约瑟夫·布罗茨基曾经说过:"他们的杀人名单,长过他们的阅读清单。"任何阅读和写作的人都应该尝试看清他们生活、缴税、居住的世界。陀思妥耶夫斯基说过,不是所有人都有罪,但每个人都有责任。

至于我此时对居住于加利福尼亚圣地亚哥有何感觉,我有一首诗可以做出更准确的回答:

**战争年代我们生活很幸福**

他们轰炸别人的房屋,我们

抗议
但还不够,我们反对,但还

不够。我躺在
床上,床的周围,美国

正在下坠:看不见的房子连着看不见的房
　　　子连着看不见的房子。

我端把椅子到外面，看太阳，
这是第六个月了
灾难性的政权在金钱屋子

金钱街道金钱城市里，在金钱国家里，
我们伟大的金钱国家，我们（请原谅我们）

幸福地生活，在战争期间。

别误会我的意思，从更深的层面来说，美国可以是
一个极其慷慨、善意、美丽的国家。但这并不意味着我
们应该闭上眼睛，无视它给世界带来的巨大黑暗。

什么是故乡？答案：我的感觉是，我没住在俄罗
斯，而是住在童年。

我现在住在美国吗？不是，我住在我家。

什么是公民？作家期盼的公民身份是与其他作
家在一起，对我来说，其他作家包括阿赫玛托娃、曼德
尔施塔姆、奥维德、奥登、李白、维庸、狄金森、巴列霍、
小林一茶、卡瓦菲斯等等。这些人的声音使生活变得
有趣，起码对我来说，这些是心灵渴望的声音。

你看得出来，回答这些问题让我挣扎了一番。这
也许是因为我成长于俄罗斯诗歌传统，涅克拉索夫有
一句名言："一个人或许可以成为诗人，但必须首先是
公民。"

而且，正是在这一点上我也许可以综合一下我的回答：我宁愿做童年的公民。我宁愿做语言的公民，这个语言是我身边能听到的（在这种情况下是英语）。这并不意味着这样的公民就不关心"真理"与"美"这类的事物，这仅仅意味着我宣布效忠于天空、大地、自然元素和我的邻居，过去和现在生活在这些元素中的邻居。"公民"是一个美丽的词语（什么词语不美呢？）。这是指地球的公民。作为一个移民，我没有其他答复。

**明迪**：我完全同意你的公民概念。请允许我过渡到"流亡"。上个世纪的诗歌与文学中有"流亡"这样一个重要主题，这也是许多犹太背景的作家常常涉及的题材。我们以前讨论过这个话题，但我一直很想知道你的个人感受，以及你的想法有没有什么变化。我个人从未自认为"流亡"。我对人类"文明"初始以来作为人类生存状态的"流亡"更感兴趣。我也很关注并好奇于犹太人和阿拉伯世界永无休止的纷争，而且犹太人背后有一个强大的西方世界。能否请你就这个敏感话题谈谈你的真实感受和内心的想法（即使政治不正确）？

**卡明斯基**：对我而言，犹太教是一种文化状态，而不是一种宗教状态。这个文化包括肖洛姆·阿莱赫姆、伊萨克·巴别尔、艾萨克·巴什维斯·辛格和无数其他人。虽然我认为自己是个信徒，但我不相信集体祷告，任何有组织的宗教及其教条都与我在这个星球上的生存无关。

你无法在一个特定的文化中使"他者"流亡。你无法在美国这样一个存在种族歧视的国家里让黑人流亡。同样，你无法在俄罗斯让犹太人流亡。很简单，因为他们已经是"他者"。我并没有生长在一个宗教家庭里，直到有人朝我脸上打了一拳说"肮脏的犹太佬"，我才发现自己是犹太人。我这样说并不是抱怨什么，这只是我生活中的一个事实。而流亡是一个关于人类总体状态的词语，是的，当我在海边，或在卖西红柿、苹果、梨以及卖鱼的市场，我有宾至如归的感觉，当我在拥挤的火车上我有在家里的感觉，当我在深更半夜里声嘶力竭地念诗时，我感到在家里，我的猫聚集在我身边，好像在安慰我，我困倦的妻子从另一个房间大声喊道："卡明斯基，闭嘴！"是的，这就是家。"家"同"流亡"一样是一个有趣的词语，我更喜欢关注这个词的语义变化以及各式变种，它不多愁善感，而是允许世界进入人类的声音。我没有兴趣从他者的世界中撤回。人类是宝贵的。

**明迪：**尼古拉·马兹洛夫昨天说，如果用英语写他的童年，他会觉得是背叛自己，他必须用马其顿语来写。我对用什么语言倒没有这么强烈的感觉，尤其是，我常不自觉地用英语回头思考过去。但我仍然用中文写作，只不过是出于不同的原因——诗歌的微妙之处只能以母语来表现。但伊利亚，你可以用英语理性地思考，疯狂地幻想，有说服力地阐述，你的诗证明了这一点。你在什么情况下用英语，什么情况下用俄语？什么因素让你决定使用什么语言？你有没有害怕过会失去俄语？我的意思是失去用俄语写诗的能力。除了个人抱负、读者市场，以及最初你父亲过世时你需要换一种语言写作这个初始原因之外，还有什么其他因素？或者，像人们所说的那样，诗人都在寻找一种世界语？你编辑一本国际诗刊，你对其他国家的诗歌状况很了解，你认为如果我们大家都用同一种语言写作是否会更加相互理解？或者反过来，我们都用不同的独特的语言才会更加相互理解？

**卡明斯基：**我目前的英语写作与个人抱负无关。我父亲1994年去世时，我才十七岁。用他教我的语言来写关于他死亡的诗，为之写出"美丽"的韵律，感觉不对。同时我也知道这样的事情会伤害我的家人，并不是说我的家人反对过我的写作，事实上他们都非常支持，但用某个人的温暖气息来写出一种气息，而这个人就在几天或几星期之前还在我旁边，现在却只是纸、笔、韵，这样做我感到是一种背叛。

感觉不对。

但我的身体，我的嘴、我的手指，我的日子都要求我去写。而英语就在那里，在我周围，是我当时正在学的一门语言，是我每天走在街上、去学校、去杂货店等等度过一天光阴必须使用的一种语言,所以不知不觉地,无意识地,关于我父亲的诗以英语的形式出现在我嘴唇上,我将意象和声音记录在餐巾纸上,汽车票上,牛奶和面包的收据上。

我的英语写作就是这样开始的,然后我意识到,这给了我最后一个继续同父亲讲话的机会——这是一种私人语言,是我的家人都不懂的语言,是我一边使用一边创造的语言,是我的词语世界,我可以同一位已经去世的人讲话,就仿佛这语言给了他声音,哪怕只是片刻,那种不同现实与我同在,与我们同在。

这是一种美丽的自由。仍然是。

至于你的其他问题——

对我来说,用什么语言写作,从来就没有选择。如果必须做出选择的话,那么以我的经验来看,这种语言就会是非自然的。它必须是我周围的语言,我可以在街上、在人群中、在报纸上、在邻居的互相喊叫中、在我妻子对我那些猫说话的耳语中、在我所知道的整个世界里听得到。这是我回应那个世界的语言。

用俄语写作的话,我必须回到俄罗斯。

而且,我希望某一天会实现,至少需要几年吧。那样就太美妙了,我期待着。

当然,俄语仍然是我生活中的很大一部分,这是我同我母亲、我哥哥、我侄子们说话的语言。这是我记忆的语言,童年的语言。

英语是我妻子的语言,爱的语言,友谊的语言,成年的语言,从一个地方到另一个地方,一个城市到另一个城市自由流动的语言,我在街上听到的语言。

这些与抱负没有一点关系。

抒情诗人不期望有太多的听众。我的听众包括我佩服的过世诗人,我写诗是为了莎士比亚、但丁、奥维德、曼德尔施塔姆、萨福、王维,当然还有写出《吉尔伽美什》的作者。是他们坐在我想象的前排。我并不向过去鞠躬,而是把他们邀请到未来,告诉他们怎样活在我生活的年代。这样的对话(绝对不是什么崇拜,我们常常互相扇耳光!)对于一个抒情诗人的成长是必要的。

如果这是抱负,那么,就算我有抱负吧。

至于读者——嗯,我觉得抒情诗人是非常私人的,只有在隐秘状况下磨炼出一种语言,有趣、魔幻、私人,但同时又针对众多的人,其作品才会成为伟大的诗歌。

**明迪:**你对当代中国诗歌了解不少,那么你一定也知道中国诗人受过的影响——西方文学传统中,俄罗斯诗歌的影响很大,至今中国诗人还在谈论白银诗人。你能否介绍一下当下杰出的俄语诗人,以及乌克兰的诗歌状况?你如何与家乡的同代诗人保持接触?我记得你说过你不想作为观光客回去,现在你已经通过诗歌作品回去了,对吧?你的诗歌已被译成俄语。

乌克兰当代诗人把你认作他们中的一员吗？还是认为你写的不同呢？有什么不同？

**卡明斯基**：在我看来，今天的俄罗斯诗歌不如白银时代强，然而，仍然有许多很棒的诗人。70年代和80年代有一些很好的诗人，当然包括布罗茨基，但还有列夫·洛谢夫、爱莲娜·斯瓦茨、萨普吉尔、普里戈夫、霍恩、兹达诺夫，以及其他诗人。

除了霍恩和兹达诺夫，其他诗人都在近几年去世，但还有些相对而言比较新的诗人，比如甘德尔斯曼。有一个很好的网站，www. vavilon. ru，你可以从那里看到很多当代俄罗斯的诗歌新人。

至于乌克兰和白俄罗斯，那里有一个真正的新浪潮，举例来说有这样一些作者，比如扎布兹科、奥德鲁科维奇、邦达尔、扎丹、莱谢哈等等。白俄罗斯当代诗歌中最亮的一颗星是瓦尔兹娜·莫特，她的新书最近译成英文了，《泪水工厂》，简直是奇迹——生动，有力，强劲。这是将来会进入并改变世界文学的声音之一。

至于我在这些语言中的存在：我目前用英文书写。我的诗已被译成俄语和乌克兰语。俄语世界有文章谈到俄罗斯侨民有可能存在于俄语之中，当然，也在之外。这些事情让批评家去说。我自己嘛，我更喜欢写诗。

俄罗斯文学，我成长于其中，是我童年的文学。没有人可以把它拿走。它是我与之为生的诗的语言。

乌克兰文学，我一直热爱，一直带着好奇和兴趣看待。它是我的出生地语言。

至于我出生的国家，它已不存在。

回答你的其他问题：我不觉得中国作家对其他国家的文学感兴趣有什么不寻常。诗歌不可能在不与其他诗学、其他比喻方式、声音、意象、修辞游戏等交流的状态下成长。文学在影响下繁荣。北岛的作品显然受到曼德尔施塔姆和巴列霍的影响，曼德尔施塔姆受希腊和但丁的影响，但丁受罗马诗人，当然还有《圣经》的影响。《圣经》也影响过惠特曼，惠特曼又影响了阿波利奈尔、米沃什、萨拉门、华拉赫，以及无数人。是的，庞德反惠特曼，跑去研究中国传统。庞德以他的文化旅游主义犯下无数令人尴尬的错误，但他对于"他者"的狂热激情拓展了他自身语言的传统。这个名单列表可以从任何一个方向延伸下去，时间上，地理上，甚至性别或人类存在的其他方面。人们喜欢八卦他们的邻居，抄袭他人的窗帘式样、食品配方、剪草机。文学没有什么两样，生活着，呼吸着，连轴苦壮成长着。文学是情色、狂欢、神经质，从不安之中诞生美。

当然，没有一个笼统的毫无色彩的"国际"诗歌——每一个诗歌传统都以不同的方式去接近音乐、音调、意象，等等。然而，与其他文学的对话可以使一个作家停止照镜子，打开窗户。一个人的心智也是这样成长的。

**明迪：**我在前面问题里用到"西方"这个词，但我意识到有不同的方法来界定"东""西"。传统上，我们从地理意义上来定义这些词，但中国、苏联和马其顿有着某些共同的意识形态。海琳娜来自法国，法国在 1871 年有过巴黎公社。我们四人来自四个不同国家，一起坐在圣莫尼卡的一家餐厅里，我很高兴与你们在一起，因为我们共有同一个护照——诗歌。但在"共同"之中又有许多深浅不同的颜色，其中有些可以用来定义某种集体"文化标识"或某种国家/民族传统。是的，你的声音很"俄罗斯"——昨天又听到你朗诵很开心。对你来说，相对于保持个人声音，延续某种传统是否非常重要？比起其他诗人来，你更喜欢在诗中确认文学祖先。在美国，你有一种美国化的俄罗斯风格，独特而新鲜。但你是否有时会尽力疏离你的"传统"，甚至疏离你已建立的个人风格？你是否会将每一首诗作为一个新的开端？或者，保持某种"印记"很重要？

**卡明斯基：**我不从"传统"着眼。我与我热爱的每一首诗、每一个词语、每一个声音都有一种个人关系。就像婚姻。我们争论，以喊叫、热吻、共寝的方式争论。是的，有时候我受不了帕斯捷尔纳克。我朝他以及他的自恋主义"呸"一口，有时候我扯起嗓门背诵他的诗，长达数小时。对其他我已进入或已进入我的诗人或诗，也是如此。是的，我喜欢与文学建立情色当然也是狂欢的关系。

至于朗诵风格，我不大多想。任何一个不懂俄语和英语的人，去听一下庞德或叶芝的朗诵录音，以及布罗茨基或其他俄罗斯诗人的朗诵录音，不一定会在他们的传统、他们的声音之间找出一种差异。当然，有非常微妙的差别，非常具体的好奇之处，陌生感，但在一天结束后，是一个赤裸裸的人的声音站在时间的森林中，对我们说话，有关纯粹的存在。这就是：抒情。

**明迪**：我佩服你辩论时的激情和抒情，这对我来说就很俄罗斯，这也是俄罗斯音乐中贯穿的东西。我并不是要将你脸谱化，实际上这是我识别和捕捉细微差别的方式。别的不说，至少你有一种许多美国诗人所没有的东西。对了，美国诗歌中你最喜欢的是什么？

**卡明斯基**：审美上的多样化和不安分。

**明迪**：你最不喜欢的是什么（如果有的话）？

**卡明斯基**：许多当代诗人缺乏基本教育。这种情况并不是不常见，比如你同一位很有名的当代诗人聊天，对方会带着一种莫名其妙的自豪感说："我从没有读过歌德，我为此而自豪。"我认为这样不好。我认为无知不好。我对各种意见和判断都持开放态度，唯独对无知例外。

**明迪**：这使你感到困扰吗？

**卡明斯基**：困扰？不，我感到无聊。无知是件很无聊的事。

明迪：你能做些什么改变一下呢？

卡明斯基：我告诉人们，诗歌要求的远远多于在诗中模仿单口相声。外面有一个美丽的巨大的世界，美国诗人睁开眼睛看看它究竟是什么样子会使自己写得更好。

明迪：或者，你真的认为你可以改变什么？

卡明斯基：（社会）需要抒情诗人做活动家。同时，作为一个人，也有谈话交流的渴望。

明迪：从你自己来说，完成《聋子共和国》之后，你打算做什么？

卡明斯基：我不以诗集来考虑我的诗，《聋子共和国》与《舞在敖德萨》紧密相关，下一本诗集也是如此，这是一生的旅途。

明迪：你怎样将个人经历与对生命、对人生更宏大的视野联系起来？

卡明斯基：老实说，我不把它们分开。20世纪末一位有趣的法国哲学家列维纳斯认为精神生活与社会生活是不分离的。我觉得这个概念很有吸引力。但是对于我，这并不是来自列维纳斯，而是来自更早的先知，比如以赛亚。我不相信他们的教条，但我觉得他们在世上寻找正义的那种野生的精神需求非常美好。

明迪：诗歌有什么东西对你具有最大吸引力，并能够让你继续写下去？

卡明斯基：诗歌能够让我感觉还活着。语言是一种野性情色的狂欢活动。

**明迪：**诗歌到底能做什么呢？

**卡明斯基：**我不对诗歌发表野性宣言。但如果它救过一个人——在这里指我——当然——到底⋯⋯——它就能救其他人。诗是一种艺术，教人去注意世界。而且，正如保罗·策兰说过：关注是人类灵魂的自然祈祷。

这一点很有趣。

不过，对我来说，诗歌不仅仅是一个孤独寻求者的一种安静的活动，它也是一种感官活动，通过藏在语言中的感官去疯狂地发现世界。洛尔迦曾说，诗人是身体感官之师。

我发现这一点在我生活中很真实。

不过，诗人绝不是一个理想的人。我们偶尔看到一线光，在一首诗中，在一句诗行中，在两个词语的结合中，甚至在两个字母中，也许，然后——然后——然后——那一刻消失了。是的，消失了。我们又看到眼前的空白纸页。我们没有任何答案。诗人不知道真相，但去寻找，拼命地，也许，热情地，当然，欣喜地，是的，寻找一首诗，一个词语，一个意象，让世界更清晰，哪怕只一小会儿。

2011 年 4 月 16 日于美国加州

## 一本书打开一个世界

欢迎订购、合作

订购电话：0571-85153371

服务热线：0571-85152727

KEY- 可以文化

浙江文艺出版社

京东自营店

关注 KEY- 可以文化、浙江文艺出版社公众号，
及浙江文艺出版社京东自营店，随时获取最新图书资讯，
享受最优购书福利以及意想不到的作家惊喜